좋아서 헤매는 지도

오예슬 지음

추 천 사

구화영 (30대 독자)

어린 날 예슬 씨의 눈에 담겨 있던 반짝임과 열정을 기억합니다. 새로운 기회를 얻기 위해 노력하며 성취에 기쁨을 느끼다가도, 도전 앞에서 두렵고 벅찼던 시간들, 그리고 누군가의 이해를 바랐던 마음이 이 책에 담겨 있습니다. 이 책을 읽으며 위로를 받았고, 다시 나아갈 힘을 얻었습니다. 도전을 꿈꾸지만 망설이거나 그 여정 속에서 방황하는 모든 이들에게 이 책을 추천합니다.

김소연 (스타트업 뉴닉 대표)

한층 더 단단한 사람이 되기 위해 지나온 발자국을, 솔직하고 소탈한 해설과 함께 따라가는 가이드 투어. 기록은 과거를 돌아보는 행위인 동시에, 진정한 현재로 나아가기 위해 페이지를 넘기는 일이기도 하다. 오예슬 작가의 용기 있는 성장의 기록이 수많은 독자들의 삶에 잔잔한 영감과 위로로 닿기를 바란다.

배희남 (글로벌리더십파운데이션 회장, 부동산경영인)

　오예슬 작가는 50여 개 나라를 두루 살피며 힘들고 외로울 때마다 글을 썼다. 새로운 만남 속에서 전개되는 성찰과 '나'에 대한 기록이 그 시절의 '나'를 만들었다고 고백한다. 그 기록이 모여 한 권의 책이 되었다. 잃어버린 '나'를 찾고 싶다면 <좋아서 헤매는 지도>을 먼저 읽어 보라고 권하고 싶다. 그렇게 우리는 오예슬 작가의 내면의 목소리를 들으며 우리의 내면을 여행할 것이다.

김소정 (유튜브 사내뷰공업 PD)

　내가 아는 오예슬 작가는 모험과 낭만을 사랑하는 선배, 남들이 걷지 않은 길을 개척해 나가는 선배. 그리고 안부를 물을 때마다 다른 나라에 있는 선배. 어려운 일도 척척 해나가는 모습을 보며 태생부터 '다른 종족' 같다고 생각했었는데 그 속에 수많은 불안과 두려움이 있었다니. 20대 시절 내내 나를 따라다녔던 불안함이 나만의 것이 아니라는 것에 위로받는다.

나의 독특함은 과연 글이 될 수 있을까

내 삶의 색채는 그 색깔이 너무 선명하고 강해서, 때론 이야기로 펼치는 게 겁났다. 나는 분명 나의 선택과 타고난 독특함을 사랑했지만, 동시에 세상에 풀어놓기엔 늘 고민이 되었다. 또다른 세상의 영롱함과 사람들의 찬란함을 보지 못하고, 내 것으로만 덧칠해버릴까봐.

아무리 솔직함이 나의 무기라해도, 책 작업을 하는 내내 내 글은 때로 당혹스러울만큼 솔직했다. 글 속의 내가 너무나도 안쓰러워 위로가 필요할만큼 많이 아팠고, 또 어느 날은 무슨 일이든 할 수 있을 것만 같이 기뻤다. 그럼에도 스스로 기특한 부분은 꽤 많이 칭찬도 해주며 위로를 받은 날도 있었다. 그렇게 책을 쓰다 참 많이 울었고 웃었다.

하지만 내 안의 감정을 날것 그대로 꺼내 한 문장씩 써내려가는 일은 행복한만큼 의외로 고통스럽고 외로웠다. 나의 어떠함을 기록하는 일이 곧 나의 독특함을 있는 그대로 받아들이는 과정이라서.

결국 이 책을 하나 쓰는데 세 계절을 전부 빌렸다. 그러나 확실한 건, 글을 써

내려 나가는 동안 나에 대해서 조금 더 사랑할 수 있어서 나의 부족함과 결핍을 폭삭 안아준 것이었다.

공간에 담긴 나만의 기록

책을 쓰는 전 과정이 마치 마음 깊숙이 들여다보고 꺼내는 것 같은 어렵고 힘든 경험이었다. 하지만 나는 내 모든 경험을 꺼내서 '공간'에 담아보려 애썼다. 초등학교 4학년 무렵 처음 블로그에 일상을 남기기 시작했을 때만 해도, 그 기록들이 언젠가 3,000편이 넘는 이야기로 쌓일 줄은 상상도 못했다. 여행지에서 마주한 낯선 풍경, 새로운 도전을 앞둔 밤의 떨림, 사랑에 울고 웃던 날들, 이직과 이민을 고민하며 뒤척이던 새벽까지. 20대를 온전히 살아낸 나의 조각들이, 오롯이 기록으로 담겨 있었다.

이제 그 이야기들을 한데 모아, 한 권의 책으로 꾹 눌러 엮어보려 한다. 이 책은 30대를 목전에 둔 내 삶을 돌아보며, 여러 선택의 갈림길에서 마주했던 고민과 실패, 그리고 그 안에서 움튼 성장의 순간들을 꺼내놓는 기록이다.

작은 섬 도시에서 유년을 보내고, 서울에서 청춘을 겪으며, 세계 곳곳을 누비던 젊은 날의 나. 사랑하는 사람과 함께 새로운 삶을 택해 미국이라는 땅에 정착하기까지—그 모든 여정이 시간의 흐름에 따라 차곡차곡 담겨 있다. 이 책에는 내가 머물렀던 도시의 색감과 냄새, 그리고 그 속에서 일렁였던 내 감정을 고스란히 담고자 했다.

실시간으로 써 내려간 블로그 글들도 일부 꺼내어 다듬고, 수년 전의 내가 남긴 문장을 다시 마주하며, 그 시절의 감정과 시선, 미완의 문장까지 함께 껴안는 경험은 한편으로 부끄럽고도 한편으로는 따뜻했다. 덕분에 지나온 길을 조금 더 깊이 있게 복기할 수 있었다.

머물렀던 장소마다 여러 감정이 자라고, 이야기가 피어났기 때문이다. 지나온 모든 곳들이 나의 문장이 되었고, 그 문장들은 새로운 여행이 되었다.

감정과 문장, 세상과 문장, 선택과 문장이 오롯이 공간에 쌓였고, 그 위에 쌓인 시간들이 결국 나를 완성시켰다. 이 책은, 내가 지나온 시공간의 지도이자, 스스로를 다시 이해하기 위한 내면 여행의 기록이기도 하다. 나는 이 여행을 통해 진짜 나를 더 깊이 사랑하게 되었다.

기록은 현실이라는 세상에서 나의 내면을 가장 깊이 보여줄 수 있는 선택이었다. 글을 쓰는 동안만큼은 내 솔직한 마음을 나의 언어로 붙잡아둘 수 있었다. 처음에는 오롯이 나를 위로하는 글이었고, 이제는 이 책이 당신을 위로하는 글이 되면 좋겠다.

내게 책을 쓰는 일이 숨가쁜 일상에서 한 호흡 고르는 시간이었기 때문이다. 그렇게 한 숨 고르고 출렁이는 감정선을 이 세상에 존재하는 어떠한 단어들로 아주 구체적으로 묘사해나가다보면, 나를 더 알아가고, 스스로에게 더 솔직해질 수 있었다. 그건 마치 나와의 연결인 동시에 세상과의 연결이기도 했다.

낯선 나라에서 외로움에 사무치고, 불안이 점철된 날들이면 문장을 다듬고 글을 써내려갔던 나처럼. 슬프지만 슬픔을 돌아볼 틈도 없는, 어쩌면 바쁘지만 바쁘다고 의식하지도 못하는 누군가에게 이 책이 잠시나마 한 숨 고르는 책이 되었음 좋겠다.

애써 견디며 살아내고 있을 누군가에게 이 책이 닿기를 바란다. 그러면 나도 여러분도 다시 '연결'이라는 단어에 기대어 일어날 수 있지 않을까?

우리의 삶은 분명 매일 조금씩 더 근사해지고 있을 것이다. 고단했을 오늘을 씩씩하게 버텨준 당신이 고맙습니다.

2026년 1월

오예슬

목차

0부 [내면의 공간] 나의 내면 여행을 시작하다

1부 [시작의 공간] 빨리 더 새로운 곳으로

1장 강북 - 외로움

2장 강남 - 치열함

2부 [청춘의 공간] 여행을 벗어난 여행

3부 [여행의 공간] 불안의 반대 편

4부 [미지의 공간] 각자의 방식으로, 함께

0부 [내면의 공간] 나의 내면 여행을 시작하다

01 아산서원, 서울특별시 종로구 경희궁1가길 11

토론 동아리를 같이 하던 선배로부터 '아산서원'을 알게 되었다. 2017년 4월, 세 차례의 인터뷰를 마치고, 8월에 입학했다. 나는 '아산서원에서의 1년'이라는 짧지 않은 시간을 나 자신에게 선뜻 내어주었다.

아산서원은, 문사철(文史哲)에 기반을 둔 동서양의 고전을 통한 인문학 장학생 프로그램으로 미국 워싱턴 DC 또는 중국 베이징 소재 유명 싱크탱크 및 비영리 기관 인턴십 지원 기회를 얻을 수도 있었다.

무언가를 '빨리 그리고 많이 해야 된다'는 강박 속에서 근 20년을 살아왔던 내게, 아산서원에서의 1년은 처음으로 '스스로와 세상에 대해 깊이 들여다보는 삶, 그리고 다른 사람과 함께 있을 때의 내 모습'을 이해하기 위한 시간이었다.

우리는 서원에서 철학, 역사, 정치, 경제, 고전 강독 수업을 듣고, 밤이 되도록 식탁 테이블에 앉아 끝없이 토론했다. 같은 식탁에서 밥을 먹고, 같은 방에서 잠을 자고, 같이 청소하며, 모든 공간과 시간들 속에서 매일을 함께 살아낸 우리는 어느새 서로의 인생을 나누는 사람이 되어 있었다.

우리의 일상은 그랬다. 아침 일찍 일어나 다같이 새벽 체조를 하고, 온 종일 수업을 마치고선 다시 공동체로 돌아오는 생활. 그렇게 누군가와 많은 시간을 공유 하며, 나는 집단 속에서의 나를 새롭게 발견해나갔다. 예상치 못한 수많은 상황 앞에서 서툴지만 끝내, 꾸역꾸역 문제를 해결해 나가는 내 모습도 확인할 수 있었다.

쉬지 않고 달리기

"열심히, 빠르게 달리는거 좋지. 근데 너, 정말 지금 어디로 가고 있는지 알긴 하는거야?"

밤 10시까지 종로에서 취업 스터디를 하나 마치고 집으로 돌아오면 머리가 하얘졌다. 사회는 그랬다. 멈추면 안된다고, 뒤쳐지면 끝이라고. 그니까 매일 조금씩 더 빠르게 열심히 달리라고. 그 말을 철썩같이 믿었다. 그게 정답이라고 하니 영문도 이유도 모른채, 쉬는 법도 모른채 달리기 시작했다.

'아니, 성취와 행복을 누리며, 더 넓은 세상을 향해 나아가는 게 대체 뭔데?'

그 모습이 어떤 모습인지 고민해본 적도 없으니 당연히 진짜로 원하는게 무엇인지 알리가 없었다. 그저 열심히 세상을 달렸는데, 어느 순간 앞이 보이지 않았다.

내가 하는 모든 선택들, 그 생각과 행동의 기반이 어디에서 오는지 궁금했다.

매번 시간에 쫓기는 듯이 살았으니까. 근 20년을, '해야하기'만 선택했던 것 같다. 그럼 더 인정 받을 수 있을 것 같았다. 혹은 나중에 언젠간 쓰일 때가 있을 거라고 핑계대면서. 세상이 그걸 하는게 맞다, 그니까 해야한다 라고 하니까 나도 했다. 내 의지와 상관없이 그게 일반적으로 더 맞다고 하니까.

지나온 모든 시간을 돌아보니, 분명 나는 어떤 건 하면서도 너무나 설렜고, 어떤 건 조금이라도 덜 하고 싶었다. 그때의 나는 늘 정답을 찾아야 한다는 강박 속에서 불안해하면서도, 정작 스스로에게 어떤 질문을 던져야 하는지 생각해 볼 여유조차 없었다. 이제라도 나라는 사람을 더 잘 이해하고 싶었다. 그렇게 나에 대해 더 알고 싶었다.

질문이 많아질수록 보이는 것들

혼자 있어서는 내가 누군지 알 수 없었다. 적어도 인생의 처음 23년 간은 그랬다. 내가 어떤 관점으로 나 스스로와 세상을 해석하고 있는지, 왜 어떤 말 앞에선 그토록 쉽게 상처를 받았는지, 왜 또 어떤 토론에선 의견을 피력하기보단 누군가의 논리에 쉽게 주눅이 들었는지, 또 왜 특정 활동에서는 유난히 나서고 싶었는지, 함께 하는 시간들 사이에서 던져진 여러 질문들을 통해 나는 나를 다시 알아가기 시작했다.

24명 모두가 하나하나 보석같은 개성이자 배움이었지만, 특히 룸메이트, 소연이와의 시간은 빼놓을 수 없다. 어릴 적 5살 때까지 나와 같은 동네에 있었다는 것을 제외하면 전혀 다른 길을 걸어온 공대생 그녀는 섬세했고, 따뜻했고, 가장 가까이에서 가장 나를 많이 웃게 해주었으며, 또 위로해주었다. 그녀 덕분에 나는 내가 갖지 못한 여러 생각들을 순간순간 깨달을 수 있었다.

그렇게 아산서원에서의 1년은 '인문학'과 '공동체'라는 두 단어만으로는 결코 모두 담아낼 수 없는 삶의 깊이를 가르쳐준 시간이었다. 결국 내가 아산서원에서 배운 건, 사람과 세상, 그 자체의 본질과 나 자신이었다.

02 나의 고향

엄마 아빠가 늘 말씀하시던, '세상은 넓고 갈 곳은 많다'는 문장을 책에서 읽을 때마다 마구마구 가슴이 두근거렸다. 그렇게 나는 매일 밤, 별빛 가득한 하늘을 올려다보며 꿈을 꿨다. 방 한 벽면을 가득 채웠던 세계 지도를 넘기며, 언젠가 이 모든 나라들을 내 발로 디뎌보리라 다짐하기도 했다. 어쩌면 어린 시절의 그 꿈들이 지금의 나를 이끈 것일지도 모르겠다.

서울이라는 세상을 알고 난 후부터 20살까지의 내 삶은 울타리 안의 삶이었다. 방학때마다, 엄마 손을 잡고 기차를 타고 대도시에 사는 친척 집을 방문했다.

대도시의 화려한 간판들, 한강 건너 반짝이던 서울의 불빛은 어린 내게 동경처럼 다가왔다. (어쩌면 누군가에게는 그 화려함이 설렘이 아닌, '새로움에 대한 두려움, 혹은 내가 설 자리가 없을지도 모른다'는 불안으로 다가왔을지도 모르겠다.)

바깥으로 밀어올린 힘

내가 태어난 동네는 너무나도 평범해서, 세상이 작다고 착각하기 쉬운 곳이었다. 계절도, 사람도, 내일도 예측 가능한 세계였다. 모두가 균일한 환경에서 살아갔다. 특별한 선택이란 건 없었다. 그 곳 안에서는 모두 비슷하게 살아갔다. 같은 유치원, 같은 초등학교, 같은 중학교를 시작으로, 금지된 건 아니었지만, 특이한 무언가를 생각하기 쉬운 환경은 아니었다. 그건 조용한 이탈이자 돌연변이에 가까웠다. (동네의 공기마저 균일해서 조금만 다른 생각을 해도 금방 티가 났으니까) 그렇게 작게는 내가 경험할 수 있는 문화 생활의 범주부터, 크게는 내가 도전할 수 있는 활동의 범위까지. 그땐 그게 막연히 작은 세상처럼 느껴졌고 그래서 불편했다. 그러나 그건 큰 착각*이었다.

그 작은 세계는 어쩌면 나를 가두기 위한 벽이 아니라, 나를 밀어주던 바람이었음을 늦게 깨달았다. 그 곳에 오래 머무는 동안, 내 안에서는 더 넓은 세상에 대한 상상과 결핍이 자라나고 있었고, 그 결핍이 결국 나를 밖으로 밀어 올린 힘이 되었다.

더 큰 내가 되는 마음

계절이 바뀔 때마다 다른 얼굴을 보여주는 고향 풍경 속에서 나는 작지만 소중한 것들의 가치도 배워나갔다. 그 곳은 없는 게 없진 않았지만 그리 많지도 않았다. 그 자체로 완결된 작은 세계, 그곳의 삶은 단순하고 평화로웠다. 그런데 주기적으로 찾아오는 작은 세계의 그 평화로운 순간들이 오히려 내 안의 다른

---

* 돌아보니 그건 어느 부분에서는 엄청난 안전망이자 축복이었다. 누구 하나 특이하거나 대단한 격차 없이 균등하고 균일하다는 건, 누구나 평준화된 환경을 누릴 수 있다는 것을 의미하기도 하니까.

감정을 자꾸 깨우곤 했다.

안정된 일상에 감사하면서도, 동시에 그것만으로는 설명되지 않는 갈증 같은 것. 그렇게 나는 항상 울타리 너머의 세상이 늘 궁금했다. 어쩌면 지금 있는 작은 세계에서 지루함을 느꼈단게 더 정확한 표현일지도 모르겠다.

돌이켜보면, 그 궁금함은 단순한 호기심이 아니라 '더 큰 내'가 되고 싶은 욕망에 가까웠던 것 같기도 하다. 새로운 공간에서 더 많은 것을 보고 느껴야만 내가 유의미해질 수 있다고 믿었던 마음. 새로운 세상은 나를 새로이 증명할 수 있는 무대였고, 그 무대가 넓어질수록 나는 더 특별해질 수 있다고 여겼다.

내가 살던 동네는 모든 방면에서 꽤 좋은 방향으로 평준화가 되었던 곳이었지만, 모든게 균일했다. 비슷한 환경에서 학습했고, 비슷한 환경에서 문화를 즐겼으며 비슷한 환경에서 대부분의 사람들이 비슷한 선택을 했다. 물론 그 선택은 늘 리스크가 적었지만 그럼에도 나는 늘 내가 알지 못하는 세상, 그 곳에서의 사람들, 그들은 무슨 생각을 하고, 어떠한 선택을 하는지 궁금했다.

학창시절 12년을 모두 고향 내, 같은 동네에서 다녔다. 그 당시 모두가 그랬듯, 학생의 본분을 다하는 것, 그게 내가 할 수 있는 최선이었다. 20살이 되면, 울타리 너머의 세상에 도달할 수 있겠지. 그렇게 같은 거리의 통학 길을 따라 사계절을 12번 보내고 나서야, 마침내 고향을 떠날 준비가 되었다.

스무살의 봄, 기도가 남아있던 자리

고3 겨울, 초등학교 시절부터 단짝이었던 친구와 동네 공원을 빙빙 돌며, 나란히 밤거리를 걷던 날, 엄마에게 걸려온 전화를 받으며 대학 합격 소식을 들었다. 기쁨과 떨림, 그리고 이별의 예감이 뒤섞인 그날의 공기를 아직도 생생하게 기억한다. 집에 들어왔더니, 엄마 눈이 촉촉했다. 온 가족이 모여 축하해주었지만, 눈시울이 붉어진 부모님의 얼굴을 보며 기쁨과 서운함이 교차하는 부모의 마음을, 어린 나도 어렴풋이 느낄 수 있었다.

종교도 없으면서 "하느님, 우리 딸, 잘 되게 해주세요. 뭐든지 할게요." 엄마의 오래된 휴대폰의 문자 임시저장함에 적힌 일기의 소원이 이루어진걸까. 그렇게 나는 스무 살의 봄, 엄마의 기도가 남아있는 작은 고향을 뒤로한 채 서울행 버스에 올랐다.

1부 [시작의 공간]
빨리 더 새로운 곳으로

외로움과 호기심 사이에서

성장은 언제나

낯선 곳에서 시작된다

누구에게나 자신을 성장시킨 공간이 있다. 사람마다 그 모양은 다르겠지만, 내게도 그런 공간이 있다. 그리고 그 공간들을 돌아보면 보통 시작은 '호기심'이었다.

인정받고 싶어서, 때론 더 큰 무대에서 나를 시험해보고 싶어서, 나는 늘 낯선 곳으로 향했다. 하지만 결국 낯선 경험은 외로움을 낳았다. 도망가고 싶었을 때도 많았다.

그러나 새로운 도시, 새로운 사람, 그리고 그 사이에서 마주한 여러 기회들 속에서 느꼈던 외로움과 호기심은, 결국 나를 조금 더 단단한 사람으로 만들어주었다.

그렇게 언제나 '새로워야 한다'는 마음으로 움직였다. 새로움 뒤에 가려진 고독이나 불안, 힘듦은 보지 못한 채 시작하기 일쑤였다. 그건 보통 사람들이 잘 이해하지 못하는 내 천성에 가까운 기질이었다. (누군가는 이런 선택을 '모험'이 아니라 '굳이?'로 받아들일 수도 있겠다. 대부분 이런 선택은 무모함이나 불안으로 먼저 다가오기 마련이니까.)

돌아보니 외로움과 호기심이 교차하는 좌표 위에서, 치열했던 나의 모든 공간은 지금의 나를 만들어낸 성장의 무대가 되었다.

호기심 정도에서 끝내도 좋았을 마음이, 왜 굳이 나를 증명하고 성장하려는 방향으로 커졌을까? 오래 고민했다. 어쩌면 나에게 새로움은 단순한 낯섦이 아니라, 더 나은 내가 될 수 있다는 믿음은 아니었을지. 그렇게 앞으로 나아가는 건 내게 선택이라기보단 거의 반사신경에 가까운 원동력이었다.

01 서울에 오면 꽃길만 있을 줄 알았지

서울의 낯선 공기는 냉정하고도 달콤했다. 홀로서는 삶이 시작된 것이다. 그토록 바라던 자유였다. 내 세상은 분명 커졌는데, 이상하게도 나는 더 작아진 기분이었다.

나의 온 세상이자, 안전망이었던 가족의 곁을 떠나 낯선 곳에서의 시작은 생각보다 많은 것들을 스스로 결정하고 시작해야했다. 세상의 크기가 넓어진다는 건 분명 설레는 일이었지만, 그곳에서 버텨내기 위해선 생각보다 많은 것들이 필요했다. 학창시절 한달에 3만원 용돈이 전부였던 나는 서울에서 생활하기 위해선 그보다 최소 10배 이상의 돈이 필요했다. (그때 처음 알았다. '자립'이라는 단어가 멋있어 보이는 이유에는 눈에 보이지 않는 비싼 가격표가 붙어 있기 때문이라는 걸.)

이제 나를 구성하던 삶의 지평선이 달라졌다. 나는 다짐

했다. 그토록 꿈꾸던 세상, 서울에
서의 첫걸음을 떼보자고. 이 다짐은
도시의 차가운 밤공기 속에서, 내
가슴을 또 다시 뜨겁게 데워주었다.
그렇게 나는 서울에서 새로운 삶을
향한 첫발을 내디뎠다.

멈추면 불안해질 것 같아서

　대학 캠퍼스는 자율과 경쟁이 공
존하는 냉정한 곳이자 수많은 배경
이 한데 모이는 거대한 집합체였다.
그곳에서 만나는 사람들은 모두 다
른 색을 가지고 있었다. 관심사도,
지향하는 삶의 방식도, 살아온 환경도 제각각이었다. 서로의 배경도 경험도 지
식도 모두 달랐다. 나와 전혀 다른 분야를 공부하는 친구들, 이미 어린 나이에
또렷한 목표를 가진 친구들, 그리고 나에게 없던 세계를 너무나 당연하게 살아
온 친구들까지. 매일이 놀라움의 연속이었다.

　"내가 알던 세상이 전부가 아닌 줄은 알았지만 이토록 다른 세상이 있다니."

　나의 세상은 생각보다도 훨씬 더 작았다. 나는 이 수많은 학생들 중에 또 다른
배경을 가진 단 한명의 학생임을 인정하기까지 오랜 시간이 걸렸다. 나는 생각
보다도 훨씬 작은 존재였다. 그 깨달음에 순간 아찔했지만, 이는 나를 더 겸손

하게 만들었다. 묘하게 자유를 느끼기도 했다.

그 시절의 나는 이기고 싶은 마음이 아주 컸던 것 같다. 더 잘하고 싶고, 더 멀리 가보고 싶고, 내가 얼마나 할 수 있는 사람인지 증명해보고 싶은 욕심이 보이지 않게 내 등을 밀었다. (어제의 가보지 않은 나를 이기고 싶어 안달이라도 난 사람처럼.)

가장 가까운 거리의 타인들 속에서

대학 입학 후 첫 2년 간은 학교 근처 하숙집에서 지냈다. 생애 첫 공동 생활이었다. 오래된 여성 전용 하숙집이었고, 나는 2층 4개 방 중 하나를 썼다. 세탁기/화장실과 같은 공용 시설은 함께 공유했다. 공식적인 규칙이 있는 건 아니었지만 10시 전후로 집에 들어와야하는 나름의 통금 분위기 같은 것도 형성되어 있었다. 아 이런게 공동생활이구나.

처음 하숙집에 왔을 때, 은근 드라마 '응답하라 1988' 같은 분위기를 기대했다. 따뜻한 이웃, 아침을 함께 하며 식탁에서 흘러나오는 웃음소리, 문을 두드리면 "왔어?" 하고 얼굴 내밀어주는 하숙집 언니들과 같은 뭐 그런 풍경. 하지만 현실은 달랐다. 아주 많이 달랐다.

하숙생들 사이 교류라 부를 만한 것은 없었다. 서로의 존재는 알고 있었지만, 모두 각자의 방 문 앞에 자신만의 경계선을 그어놓은 채, 각자도생의 삶을 살아갔다. '이웃형 개인주의'가 더 적확한 표현이었다. (그곳에서 나는 타인의 삶이 가장 가깝고도 동시에 가장 먼 공간일 수 있다는 사실을 배웠다. 마치 서로 다른 소설 속 인물들이 그저 우연히, 같은 주소만을 공유하는 느낌이랄까)

도시 생활의 외로움은 생각보다 훨씬 컸다. 방에 혼자 있을 때면 침대에 누워

엄마와 자주 전화를 했다.

"잘 지내니? 그곳 생활 힘든 건 없고? 어려운게 있으면 참지 말고 이야기해야해. 먼 곳에서 고생이 많네, 딸."

전화기 너머로 들리는 엄마 목소리에 매번 괜찮다고 웃어 보지만, 통화를 끊고 나면 한참을 멍하니 누워 오래된 누런 벽지의 천장만 바라보곤 했다. 시선을 돌리면, 낡은 책상 위엔 언제나 과제물과 책들이 어지럽게 쌓여 있었다. 지금도 그 장면만 떠올리면 그 때 내가 느꼈던 외로움이 사무치게 생각나 눈물이 난다.

잠시 머물기 위해 몸을 가누는 그 공간에는 '나의 취향' 이라 부를 만한 것은 거의 없었다. 언젠가 떠나야 하는, 혹은 떠날 수 밖에 없는 빌려쓰는 공간은 늘 낯설고 어딘가 모르게 서늘했다. 그 안에서 온전히 쉼을 누리는 나를 상상하거나 받아들이는 일 조차 쉽지 않았다.

그래서 시험기간만 되면 시험을 코앞에 둔 일주일 동안은 고향으로 향했다. 네 시간 반 동안 버스를 타고 내려가, 익숙한 내 방에서 엄마가 해준 집밥을 먹으며 공부하는 시간이 훨씬 편했다. 그럼 마치 엄마 품에서 포근했

던, 학창 시절로 다시 돌아간 듯한 기분이 들었다.

02 서울이 조금 더 따사롭던 시절

언제쯤 익숙해질 수 있을까 싶던 서울에서의 외로운 시간들을 지나, 비로소 새로운 친구들이 하나둘 생겨나기 시작했다.

전국 각지에서 나처럼 고향을 떠나 올라온 친구들이었다. 그 중에서는 자취를 하는 친구도 있었고, 기숙사에서 지내는 친구도 있었고, 나처럼 하숙을 선택한 친구들도 있었다. 수업이 끝나면 우리는 빌라촌 사이에 가장 가까운 편의점에서 과자 몇 봉지와 삼각김밥을 집어들고선 우리의 '아지트'라 불리우는 벤치에 앉아 시간을 흘려보냈다. 밤새 과제를 함께 하며 서로 고민을 털어놓은 날도 있었고, 주말이면 한강 둔치에 앉아 서로의 미래에 대해 끝없이 이야기를 나눴다. 공휴일에는 나만큼이나 아직 서울이 낯선, 다른 지방 출신 친구들과 잠시 '관광객'이 되어, 남산, 광장시장, 북촌 같은 서울의 여러 명소를 돌아다니며 젊음의 순간을 만끽하기도 했다. 새로 사귄 친구들과 함께한 시간들은 나의 서울을 조금씩 따뜻하게 물들여주었다.

돌아보면 그 당시 서울은 낯설지만 '새로운 가능성'을 보여준 도시였다. 캠퍼스에서 나와, 북적이는 서울 거리 한복판에 군중 속에 섞여 걷다보면, 내 존재가 얼마나 작은지 동시에 내가 경험한 세상에 비해, 앞으로 만나게 될 세상이 얼마나 더 넓고 다양할지 새삼 깨닫곤 했다.

분명 한 가지 마음만은 확실했다. 나는 내가 꿈꾸는 세상의 크기를 키우고 싶었다. 꿈이 아닌 현실 세상의 크기는 결국 내가 상상할 수 있는 만큼 커진다고 믿었기 때문이다. 새로운 공간에 발을 디디고, 온몸으로 그 새로움을 경험하는 일이 곧 나의 현실 세계와 꿈의 크기를 넓힐 수 있다고 믿었다. 세상과 맞닿는 지평이 조금씩 넓어질 때 마다 나라는 사람도 함께 커졌다. 그런 생각을 가지고 행동하고 움직이는 것이 곧 나의 타고난 기질이자 천성이었고 결국 내가 살아가는 방식이었다.

꿈꾸는 세상의 크기

시간이 흘러, 웅장하고 낯설기만 했던 서울도 금새 익숙해지자 어느덧 이 도시도 조금씩 작게 느껴지기 시작했다. (길치인 내가 서울의 지하철 환승도 곧잘 하는 걸보니, 서울은 그대로인데, 나는 이만큼 성장했구나 생각도 들었다) 지방에서 나고 자라며 품었던 서울이라는 도시에 대한 동경은, 어느새 더 멀리, 세계로 뻗어나 갔다. 그렇게 나는 서울 너머의 세상을 꿈꾸기 시작했다.

"새로움이란 도대체 뭘까? 무엇이 새로운 경험이지? 왜 나는 과거에 경험하지 못한 새로운 것을 할 때면 이토록이나 설레고 신이 날까?"

누군가는 새로움을 만나면 머뭇거리거나 멈칫하기 마련이라 했다. 오히려 변하지 않는 세상에서 더 큰 안전함과 안정감을 느낀다 했다. 하지만 나는 그 반대였다. 새로움이 나를 더 온전하게 만드는 힘이었다. 그렇게 믿었고, 실제로도 그랬다. 그러나 돌아보면, 그 시절의 나는 새로움을 사랑했지만, '목적과 방향이 없는 새로움'에 나 자신을 너무 쉽게 맡겨버렸던 시간이기도 했다.

03 채워도 다시 비워진 것들

새로움은 분명 나를 나아가게 하는 원동력이었지만, 방향 없는 기계적인 달림 속에서 나는 늘 불안에 시달렸다.

"너는 정말 취업은 잘 할거야."

그 시절, 어딜 가나 듣던 말이었다. 분명 나를 인정해주고 칭찬하는 말이라고 생각했지만, 이상하게도 그럴수록 마음 한구석은 더 초조하고 불안해졌다. 이렇게까지 열심히 했는데도 안 되면 어쩌나.

쉬는 방법도 잘 몰랐다. 그건 누구도 내게 알려준 적도 없었다. 그래서 불안이 밀려올 때, 멈추는 대신 목적과 방향이 없는 새로운 일을 하나 더 붙잡아 다시 시작했다. 내 미래를 위한 준비라며 스스로를 다독이며 나아갔지만, 돌이켜보면 방향 없이 쌓아올린 새로움들은 오히려 나를 더 분주하고 방황하게 만들었다. 그건 당장의 불안을 잠재우기 위한 몸부림에 더 가까웠다. 그 뿐인가. 조금이라도 더 채워야 한다는 조급함에 시간과 에너지도 잘게 쪼개 썼다.

새로움과 외로움

무언가 하나 만들면 잠시 안심했다가, 멈추는 순간 다시 불안해졌다. 그럼 나는 하나를 끝내자마자 곧장 또 다른 새로움을 찾아 나섰다. 경험의 질보다는 총량을, 깊이보다는 양과 속도가 나의 가치라고 믿던 시절이었다. 새로움을 사랑했지만, 그 당시 새로움은 목적이 없어 나를 마구 흔들었고, 그 흔들림 속에서 쫓기며 오랫동안 방황했다.

영삼성, 현대 해피무브, 아시아나, 롯데, 등… 국내 대기업이 주관한 해외 연수 프로그램들을 모조리 찾아내, 서류와 면접을 준비했다. 대외활동 프로그램 선정만으로 떠날 수 없는 나라가 있을 때, 가고 싶은 나라의 관광청 홍보부처에 직접 기획서를 보내 예산을 후원받았다. 어떤 날은 치밀했고, 또 어떤 날은 무모했다. 때로는 두려웠지만, 항상 두려움보다 앞선 건 '내가 알지 못하는 새로움에 대한 막연한 호기심'이었다.

그런데 이상하게도, 그렇게 많은 경험을 쌓으며 계속해서 새로운 곳으로 나아가고 있다고 믿으면서도, 마음 한편에는 늘 설명하기 어려운 외로움이 남아 있었다. 바쁜 일정 중에도 새로운 비행기를 타는 순간에도 뜻밖의 쓸쓸함은 불쑥 불쑥 나를 찾아왔다. 그 외로움을 1분 1초라도 덜 느끼려, 일부러 군중 속에 섞이고자 들어갔다. 다양한 사람들과 얕게라도 어울리고 여러 자리에서 얼굴을 비추며 또 끝없이 무언가를 이어가면 조금은 덜 허전하고 외로울까 싶었다.

주말에도 5분 단위로 시간을 쪼개 새로운 일을 벌이며 잠시 외로움을 밀어냈다. 어떤 방법으로든 그 외로움을 느낄 틈을 만들지 않으려 애썼다.

하지만 밤이 되어 집에 돌아오면, 너무 피곤해 이내 뻗어버렸다. 마음은 늘 허무했다. 채우고 또 채워도 이상할만큼 외롭고 비어 있는 느낌. 무언가를 끝낸 직후에 찾아오는 공허함은 점점 더 커져만 갔다. 마음 한켠엔 늘 설명할 수 없는 빈자리가 함께 했다.

그렇다. 성장이라는 이름 아래 쉼 없이 달려왔지만, 정작 '내가 진짜로 원하는 것'은 무엇인지 되묻는 시간은 없었던 거였다.

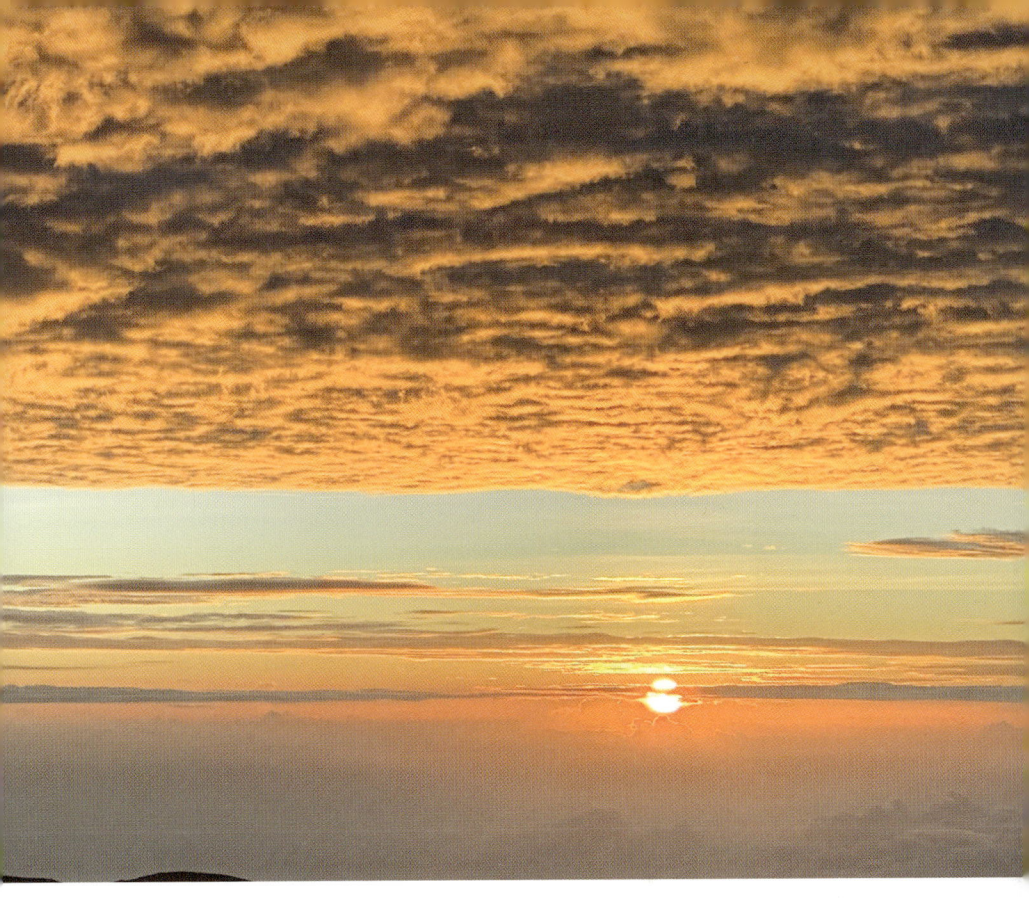

"나는 어디로 가고 싶은 걸까? 이렇게 하는 것이 과연 나에게 어떤 의미일까?"

　간간히 혼자 있는 순간이 찾아오거나 특별히 바쁜 일이 없을 때면 외로움은 그렇게 다시 고개를 들었다. 그제야 알았다. 사람들 곁에 있어도 외로울 수 있고, 아무리 바빠도 마음은 여전히 공허할 수 있다는 것을. 그건 단순한 고독이 아니라, 불안 같은 거였다. 불안은 언제나 그렇게 내 곁에서 자리잡고 항상 머물렀다. 외로움도 중력처럼 항상 나와 함께 했다.

01 '나'라는 사람의 기준

2019년 3월, 26살의 나는 오래된 원룸에서 새로운 생활을 시작했다. 첫 회사에 출근하게되면서, 삶의 반경을 회사 근처로 옮겼다. 강남의 자취생활은 대학 시절 머물던 강북 대학가보다 훨씬 물가가 비쌌다. 주말의 테헤란로는 항상 조용했고 인기척도 없었다. 대부분의 식당이 문을 닫았고 편의점 간판만 유일하게 내 존재를 반겨주는 것 같았다.

사실 평일이라고 크게 다르진 않았다. 퇴근 후 집에 들어가는 길은 늘 텅 비어있었고, 방 안 공기도 차갑고 삭막했다. 그저 바쁘게 일을 마치고 와서는 씻고 누워 또 다른 하룻밤을 넘기는 일 외에는 별다른 무언가를 할 여유도, 에너지도 없었다. 물론 처음에는 어떻게든 그 동네와 조금이라도 더 친해져보겠다며 많은 시도도 해보았다. 편의점에서 맥주를 잔뜩 사와 혼술을 도전해본다던가, 좋아하는 잔잔한 노래들을 찾아 방 안에 가득 틀어두기도 했다. 하지만 그 공간에서는 좀처럼 편안함은 찾을 수 없었다. 결국 그 방은 '삶을 영위하는 공간'이라기보다는, 그저 '오늘 하루를 버티고 쓰러지는 곳'에 가까웠다.

평범함이라는 질문 앞에서

그 때의 나는 부모님 곁을 떠나 올라온 이 도시에, '나'라는 사람을 온전히 받아주는 공간이 없다고 느꼈다. 무엇이든지 빠르게 시작하고 빨리 완성하여 삶이라는 퍼즐을 빠르게 맞춰나가고 싶었지만, 한편으로는 그런 속도 따위 상관없이 나답게 살고 싶었다. 두 마음은 꽤 자주 충돌했다. 그럴 때마다 나는 조용히 방 안의 불을 끄고 내 안의 질문들과 마주했다. '사람들이 말하는 평범하게 사는 건 무엇일까?'

그럴 때마다 문득 떠오르는 얼굴이 있었다. 우리 엄마. 항상 웃으며 장난스럽게 말하던 그 따뜻한 목소리.

"우리 딸은 누구를 닮았길래 이렇게 다를까. 힘들면 평범하게 사는 건 어때. 어디 멀리 돌아다니지 말고. 나는 우리 딸이 저 멀리 다른 나라가 아닌, 서울에 있었음 좋겠어. 어떻게 저 시골 동네에서 이런 애가 태어났대. 엄마, 아빠는 그런 사람이 아닌 것 같은데."

진담 반, 농담 반, 엄마의 말에는 늘 걱정과 사랑이 한데 섞여 있었다.

나는 '사람들이 말하는 평범함'의 틀 안에 온전히 들어가지 못했지만 그렇다고 무조건 평범함에서 벗어나고 싶은 것도 아니었다. 그렇게 다름을 이해받고 싶은 마음과, 있는 그대로 살아가고 싶은 마음 사이에서 오래 흔들렸다.

어떤 날은 말 없이 받아주는 누군가가 세상에 있기를 바라며 이렇게 사는 나를 누군가가 그대로 이해해줬으면 했고, 또 어떤 날은, 굳이 설명을 하지 않아도 이해 조차 필요 없이, 그냥 있는 그대로 살아가고 싶었다. 누군가에게 해명하지 않아도 되는 삶을 말이다.

다름을 이해받고 싶은 마음과, 아무 설명 없이도 그냥 존재하고 싶은 마음, 이 두 가지 마음 사이에서 꽤 자주 흔들렸다. 누군가에게 인정받고 싶은 마음과, 동시에 그 어떤 기대에도 묶이고 싶지 않은 마음이 함께 있었던 것이다.

돌아보니 나는 늘 하고 싶은 일도, 성향도 남들과는 조금씩 달랐다. 그 다름을 받아주는 사람과 환경 안에서 나는 비로소 숨을 쉴 수 있었다. 하지만 세상은 생각보다 자주 그 다름을 시험에 들게 했다. 그래서 나는 결국, 흔들림 속에서 스스로를 지키는 법을 배워야 했다. 누군가의 기준이 아니라, 나라는 사람의 기준으로 사는 방법을.

원치 않던 공백

마지막 학기를 남겨둔 상태였다. 졸업을 하기 위해 반드시 채워야하는 봉사 시간이 있었는데, 계산 착오로 인해 1학점이 모자라 졸업이 미뤄져 졸업 예정자가 되지 못했다. 아산서원에 있던 시절 미국에서 진행한 봉사 시간이 국내 기준에 부합하지 않아 학점 인정을 받을 수 없었던 것이다.

그 시기 국내 대기업의 신입 공채는 졸업 예정자만 지원이 가능했다. 결국 나는 원치 않던 공백을 마주하게 되었다.

무엇이든 빠르게 시작하고, 빠르게 완성하고 싶었던 나에게 '1학점 부족'은 생각보다 꽤 큰 좌절이었다. 그렇게 예기치 못한 '5학년 1학기'를 보내게 되었다. 하지만 이왕 이렇게 된거, 그 시간을 단순한 기다림이 아닌 '다시 도약하기 위한 시간'으로 만들고 싶었다. 그 당시 누구보다 빨리 사회에 첫 발을 내딛고 싶었던 나는, 국내가 아닌 비교적 채용의 틀이 유연한 글로벌 기업에 도전하기로 했다. 규모가 크고 체계적인 조직보다, 작더라도 빠르게 움직이고 직접 부딪히며 배울 수 있는 팀에 합류하고 싶었다. 그런 환경이라면 일당백을 해야 할 테니, 일의 양과 속도만큼 개인의 성장 속도도 빠를 거라 생각했다. 무엇보다 그 과정 속에서 여전히 낯설고 어려운 '나'라는 존재를 조금 더 깊이 이해할 수 있을 것 같았다.

그렇게 온라인 수업으로 남은 학점을 채우며, 외국계 회사들의 인턴과 정규직 포지션에 지원서를 넣었다. 그리고 2019년 3월, 학기가 시작된 지 며칠 되지 않아, 졸업을 하지 않은 상태에서, 한 외국계 기업으로부터 정규직 오퍼 메일을 받았다.

뜻밖의 기회일까 아니면 선택일까? 기다리던 기회일까? 혹은 기다림이 만들어 낸 우연이었을까? 함께 일하게 된 대부분의 팀은 홍콩 아시아 헤드쿼터에 있었다. 본래는 홍콩에서 근무해야한다는 지시가 있었지만, 한국 오피스가 새

로 생기면서 한국에 머무르게 되었고, 대신 입사 첫 해부터 홍콩과 싱가포르, 중국을 오가는 출장이 이어졌다.

불안과 열망 사이에서

첫 회사와의 인연은 참 뜻깊었다. 다른 글로벌 IT 기업의 인턴 면접을 앞두고, 근처 스타벅스에서 면접 준비를 하던 중이었다. 긴장한 탓에 다리를 떨고 있던 내게, 맞은편에 앉아 계시던 한 남성분께서 조용히 말을 건네셨다. 나는 놀라서, 급히 고개를 숙이며 다리를 떨어 죄송하다고 인사드렸다. 다시 면접 준비에 몰두하기 시작한지 한 10분 쯤 지났을까.

그가 조심스럽게 다시 말을 걸었다.

"10분 동안 지켜보며 네 가지를 느꼈어요."

책상 위 이력서를 보며 일을 구하고 있겠구나 생각했고, 밝은 표정, 영어로 면접을 준비해야 하는 상황, 그리고 몰입하는 태도가 인상 깊었다고 하셨다.

잠시 말을 고르던 그는, 망설이다 내게 명함 한 장을 내밀었다.

"저희 팀에서 사업 개발 포지션이 새로 열릴 예정인데 혹시 관심 있으시면 신입으로 포지션을 조정해볼까 하는데요. 한 번 지원해보시겠어요?"

그가 바로 내 인생 첫 정규직 회사의 상사였다. 그날 이후, 나는 그 회사의 채용 프로세스에 들어갔고, 런던과 홍콩을 오가는 스카이프 인터뷰를 거쳐 최종 오퍼를 받았다.

입사 첫날, 나는 다짐했다.

"나는 '똑똑한 사람'은 아닐 수 있다. 하지만 누구보다 열심히 일하는 사람이 되자."

그리고는 매일 아침 출근길엔 스스로에게 되물었다.

"오늘 나는 팀과 동료분들께, 혹은 우리 고객들에게 어떤 가치를 만들 수 있을까?"

그렇게 매 순간이 생존을 위한 학습이었다.

입사 후 한 달쯤 지났을 때, 상사로부터 들은 말이 아직도 생생하게 기억에 남는다.

"카페에서 처음 켈리님을 봤을 때, 그 눈빛이 마치 스타트업 파운더 같았어요. 무언가를 꼭 이루고 말겠다는 사람처럼요."

그 때를 시작으로, 살면서 이따금씩 비슷한 말을 듣곤 했다. 하지만 그 때 들었던 그 말이 유독 더 오래도록 마음에 남아, 내가 어떤 벽을 마주해야 할때 마다 조용히 응원해주는 문장이 되었다.

처음으로 파트너사와 함께 기획하고 실행한 행사가 성공적으로 마무리되던 어느 날, 상사분께서 내게 말씀하셨다.

"이제 이 프로젝트는 완전히 켈리님의 것이 된 것 같아요."

그 말을 들으며 혼자 몰래 눈물을 훔쳤다. 여전히 부족했지만, '매일 조금이라도 더 잘하고 싶다'는 마음이 끊임없이 괴롭히고 몰아붙였던 시기였고, 작은 칭찬 하나에도 가슴이 벅차오를 만큼 불안과 열망이 공존하던 시기였다

02 나를 시험하는 일

첫 회사에 입사한지 1년이 채 되지 않았을 무렵, 나는 빠르게 성장하는 이커머스 산업에 관심을 가지게 되었다. 마침, 같은 그룹 내 싱가포르 지사에서 이커머스와 핀테크 산업 경험자를 찾는 포지션이 열렸다. 그 시절 나는 지금의 남편과 연애를 하며 오랜만에 마음의 평온과 안정감을 느끼던 때였다.

"우리 21년도나 22년도 쯤에는 결혼을 하지 않을까?"

처음으로 미래라는 것을 누군가와 함께 그려보았던 시기였지만, 동시에 새로운 세상에 부딪혀 보고 싶은 열망도 같이 피어올랐다.

연애 초기부터 우리는 앞으로 어디에서 삶을 꾸리고 싶은지에 대해 자주 이야기하곤 했다. 만약 우리가 결혼해 둥지를 틀게 된다면 그곳이 아마 한국은 아닐 거라는 데 자연스레 마음이 모아졌다. 그래서였을까. 어느 나라가 될지는 모르겠지만, 20대 중반에 단기간이라도 싱가포르에서 일해보는 경험이 다음 여정과 이주에 있어 중요한 징검다리가 될 거라는 생각이 들었다. 아시아 헤드쿼터 오피스가 모여있고, 젊고 똑똑한 인재들이 끊임 없이 움직이는 도시. 그런 싱가포르라면 조금 더 큰 세계를 배울 수 있을 것 같았다.

"과연 내가 잘할 수 있을까, 살아남을 수 있을까"

두려움 만큼이나 크게 자리 잡은 마음은 역설적으로 스스로를 시험해보고 싶은 마음이었다.

내게 새로운 세상과 도전은 언제나 일종의 도장깨기 같았다. 그 시절의 나는 '나의 삶'을 매번 새로운 미션이 쏟아지는 게임처럼 여겼다. 하나의 스테이지를 통과하면, 그보다 조금 더 어려운 스테이지가 기다리고 있고, 그 스테이지를 넘을 때 마다 나의 세상은 조금씩 더 넓어졌다. (물론 하면서 꽤 많이 괴로웠다. 선택지에 뒤로 가기 버튼이 있었으면 꽤 많이 눌렀을 거다.), 매번 두려웠지만 그걸 넘을 때마다 나는 확실히 더 단단해졌다. 그렇게 나는 2019년 11월, 싱가포르 발령을 확정지었다.

아무 것도 하지 않음의 가치

한국을 떠난다고 생각하니 시원섭섭한 감정이 파도처럼 밀려왔다. 떠나기 직전, 익숙한 일상을 정리하고, 친구들과 맥주잔을 부딪히며 웃고 떠들던 어느 밤, 단체 사진 속 내 얼굴에는 기대와 불안이 겹쳐진 표정이 고스란히 남아 있었다.

연고 하나 없는 나라에서 나의 전부였던 이 사람들을 두고 새롭게 시작할 수 있을까. 길지 않은 기간을 예고해두고 떠나는 시간이었지만, 그럼에도 마음 한 켠은 낯선 물살 위에 둥둥 떠있듯 흔들렸다. 하지만 두려움이란, 언제나 새로운 세계로 들어가기 직전의 징후라는 걸 잘 아니까. 불안을 품은 채, 새로운 세상으로 향하는 문을 열었다.

멈춰 선 시간에서

싱가포르를 떠나기 전 남자친구와 아프리카로 향했다. 그곳에서 우리는 해 발 5,895m 킬리만자로 산을 올랐다. 일주일 동안 산을 타며, 고산병에 죽을 고 비까지 넘기고선 간신히 한국으로 돌아와 체력을 회복한 뒤, 마지막 인수인계 도 마쳤다. 이제 진짜 리로케이션 준비만 남았다며 숨을 고르던 그 때 — 이게 무슨 날벼락인가. 예상치 못한 일이 터졌다.

원래 계획대로라면, 1월중 싱가포르에 입국할 예정이었지만 세계적으로 COVID-19가 빠르게 퍼지기 시작했다. 비자 발급은 지연되고, 항공편은 연이 어 취소되었다. 그렇게 나는 '출국일이 정해지지 않은 대기조'로 서울에서 예상 치 못한 백수 생활을 시작했다.

갑작스럽게 찾아온 공백의 시간 속에서 무엇을 해야 할지 도무지 감이 잡히 지 않았다. 나만 멈춰 있는 것 같았다. 출근하는 친구들의 이야기를 들을 때면 그 불안은 더 커졌다.

"지금 이 시간을 이렇게 써도 되는 걸까?"

자꾸만 스스로를 의심했다. 오르락 내리락, 불안이 파도처럼 밀려왔다 사라 지기를 반복했다. 아무 일도 일어나지 않는 하루들이 길어질수록, 이 시간이 과 연 옳은 선택이었을까, 하는 질문이 머릿속을 떠나지 않았다.

그렇게 버티듯 시간을 흘려보낸 지 두 달쯤 되었을 무렵, 나는 의외로 또 다 른 모습의 나와 마주할 수 있었다. 첫 한달 동안의 나는 결과가 없으면 가치도 없다고 믿으며 조급하고 불안해했다. 눈에 보이는 성과가 없다는 사실이 곧 실 패처럼 느껴져서 였을까.

하지만 그 다음 한달은 달랐다. 처음으로 목적 없는 하루를 받아들이고 살아
내는 연습을 하기 시작했다. 무언가를 해야한다는 압박에서 조금씩 벗어나 그
저 존재하는 법을 고민했다. 통제할 수 없다면, 이 선택을 후회하지 않는 시간
으로 만들고 싶었다. 다시 돌아보았을 때 그래도 그 시간이 있어, 고맙고 행복
했다고 말할 수 있는 선택이 되도록, 그 과정에 집중해보기로 했다.

그래서 아주 작은 일부터 시작해보았다. 일부러 아침에 느긋하게 눈을 뜨는
연습이라던가. 하루를 늦게 시작하면 또 어떤가. 늦게 잠들면 되지, 하는 마음
으로 그동안 회사 생활에 치여 미뤄두었던 것들을 하나씩 꺼내 들었다.

여유란 단순히 숫자로 환산되는 넉넉함이 아니었다. 오히려 서두르지 않아도 괜찮다는 마음, 지금의 나를 한 걸음 떨어져 바라보며, 있는 그대로 받아들이는 태도였다. 조금 느리게 가도 괜찮다고, 나 자신에게 허락할 수 있는 관대함이라는 것을 깨달았다. 그렇게 나는 서두르지 않는 시간 속에서, 나 자신과 함께 머무는 연습을 했다. 처음으로 아무것도 하지 않아도 괜찮은 시간들, 그리고 그 하루의 낭만이 꽤 멋진 일이란 걸 이제야 알게된 것이다.

01 회복의 자리

코로나가 여전히 전 세계를 뒤흔들던 2021년 어느 봄, 자의반, 타의반, 나는 싱가포르 생활을 정리하고 다시 서울로 돌아왔다. 이번에는 진짜로, 완전히.

나의 머릿 속에는 늘 수천 개의 이상적인 삶의 로드맵이 있었다. 물론 내 인생도 수천 개의 로드맵 중에서 최선을 따라가야만 한다고 믿었다. 그 로드맵을 따라가야만 한다고 믿었다.

"이 때쯤이면 이런 곳에서 이런 일을 하고 있겠지. 아, 이 시기에는 결혼을 해서 아이가 둘 쯤 있었으면 좋겠다. 언젠가는 창업도 해야지. 나는 어떤 사업 아이템으로 일을 꾸려가고 있을까?"

머릿속에서는 그 모든 '이상적인 삶'의 시나리오가 착착 계획대고 있었다. 하지만 현실은?

계획이 무너진 자리에서

단 한 번도, 계획한 대로 흘러가
지 않았다. 오히려 늘 반대였다. 생
각지도 못한 선택들이 전혀 예상하
지 못한 시점에 불쑥 찾아왔고, 내
가 기대하던 미래 대신 상상조차 하
지 않았던 길이 펼쳐지곤 했다.

물론, 돌아보면 그 모든 갈림길에
서 최종 선택의 키는 언제나 내 손
에 있었다. 돌아가더라도 이미 계획
된 안전한 길로 되돌아 갈지, 아니
면 전혀 새로운 세상으로 향하는 문을 열지는, 온전히 나의 몫이었다.

역설적으로 나는 대체로 새로운 문을 여는 편이었다. 때로는 여러 개의 열쇠
를 동시에 쥔 채 흔들리기도 했고 준비 되지 않은 채 선택해야하는 순간도 있었
지만. 그럼에도 불구하고 새로운 문을 열어 한 걸음 내딛고서 돌아보면 그 모든
선택들이 결국 하나의 선으로 이어져 있었다. 닫힌 문 앞에서 주저앉기보다 그
옆의 새로운 문을 열면 또 다른 새로운 길이 다시 나를 안내했지만, 결국 흔들
리던 모든 시도와 선택들이 결국은 하나의 방향으로 연결되었다.

그땐 몰랐다. 미리 알았으면 매 순간 조금 덜 불안했으려나? 하지만 그걸 알

고 나서도, 여전히 예측하지 못한 대로 삶이 흘러갈 때면 지금도 비슷한 종류의 불안이 고개를 든다. 내가 최선을 다해 삶을 대하면, 세상은 늘 내게 가장 좋은 길을 선물해준다는 걸 이제는 알고 있으면서도, 그 순간만큼은 마음이 쉽게 요동친다. 그런걸 보면, 나는 여전히 흔들리며 불안과 함께 살아가는 법을 배우는 중인지도 모르겠다.

머무름을 배우다

싱가포르에서 돌아온 뒤 나는 남자친구 집 도보 3분 거리에 집을 구했다.

그때부터 집이라는 공간은 내게 유난히 더 특별했다. 아마도 과거의 '공간'들에서 느껴온 결핍 때문이었을까? 20살이 된 후로는 언제나 임시적이고, 언젠가는 떠나야만 했던 공간들 속에서 오래 머물던 나였기에 이번만큼은 어떤 폭풍이 와도 내가 온전히 쉴 수 있는, 나의 취향이 담긴 공간을 만들고 싶었다. (물론, 이 집도 언젠가 떠나겠지만.)

그 때 부터였다, 내가 온전히 쉬고 싶은 집을 만들기 위해 하나 하나 꾸며가기 시작한 건.

화이트 톤의 벽지, 따뜻한 조명, 나무 질감의 선반 등 오늘의 집과 핀터레스트를 넘나들며, 취향 조각들을 모으기 시작했다. 그렇게 공간이 조금씩 나의 색으로 채워질수록 집은 점점 나를 닮아갔다. 매번 떠날 준비를 하며 살던 삶에서 처음으로 머무름을 배워가던 시기였다.

예전의 나는 완전히 새로운 공간과 새로운 경험 속에서만 특별해진다고 믿었다. 새롭지 않으면 내 가치도 함께 희미해지는 것 같았고, 익숙해지면 마음까

지 닳아버릴 것 같았다.

그런데 이번에는 달랐다. 머무르는 삶 속에서도 혹은 아주 작은 변화만으로도 충분히 새로울 수 있다는 걸 알았다. 조명을 바꾸거나, 새로 산 머그컵 하나를 테이블 위에 올려두는 사소한 변화만으로도 하루가 새로웠다. 그 작은 '새로움'을 주기적으로 만들어가며 비로소 깨달았다. 아주 작은 변화만으로도 새로움을 만들 수 있구나. 그렇게 익숙한 공간에서도 작은 변화만으로도 얼마든지 새로워질 수 있고 새롭지 않은 곳에서도 충분히 깊어질 수 있다는 것을.

3개월의 유예 기간

일은 어떻게 되었냐고? 한국으로의 복귀는 가장 바라던 일이었지만 동시에 가장 큰 불안의 시작이기도 했다. 그토록 원하던 가족과 친구들이 있는 나라로 돌아왔는데, 새로운 일자리를 찾아야한다는 현실이 금세 나를 다시 붙잡았다.

"요즘 한국도 취업시장이 좋지 않다던데,

어떻게 하려 그래?"

"싱가포르에서 좋은 회사 놔두고 너무 계획없이 돌아온거 아니야?"

누가 봐도 무모한 선택이었다. 한국에서 다시 좋은 기회를 찾을 수 있을까? 새로운 환경에 다시 적응하지 못하면 어쩌지. 수많은 질문이 쉼 없이 머릿속을 맴돌았다. 불확실함은 늘 내게 불안을 데려왔다. 다시 한번 그 불안의 무게와 마주해야 했다.

그 시기 나는 몸도 마음도 꽤 지쳐 있었기에 무작정 달릴 수도 없었다. 그렇게 오랜 고민 끝에 결심했다. 이직을 서두르기보다는, 나 자신에게 온전한 회복의 시간을 허락하기로. 돈은 다시 벌 수 있지만, 이 시기에 나를 돌아보며 쌓은 시간은 언젠가 더 큰 가치로 돌아올 것이라 믿었다. 다시 돌아온 서울에서, 새로운 아이디어와 가능성을 고민해보는 시간. 그렇게 나는 3개월동안 오롯이 나를 위한 시간을 갖기로 했다. 적지 않은 용기가 필요한 일이었다.

그렇게 나는 아침마다 경의선숲길을 걸었고, 안산 자락 벤치에 앉아 온몸으로 햇빛을 받아내며 책을 읽었다. 하루에 두 번씩 일기를 쓰며 내 안의 감정에 귀 기울이는 일도 빠뜨리지 않았다. 문장의 형태를 갖추지 못한 생각들을 그저 흘러가는 대로 붙잡아 적어두는 것만으로도 마음이 한결 가벼워졌다. 때로는 멍하니 카페 창가에 앉아 하루를 흘려보내기도, 친구들의 퇴근 시간이나 점심 시간에 맞춰 찾아가 보고 싶었던 마음을 담담히 건네기도 했다. 흘러가는 시간 속에서, 내 안의 불안은 서서히 잦아들었다.

그렇게 3개월이 지났다. 어느 날 마음 한편에서 하나의 신호가 울렸다. '이제 다시 준비를 해도 되겠다'는 신호. 오랫동안 미뤄왔던 이력서를 다시 열어보았다. 얼른 다시 일을 하고 싶었다. 이제 나는 다시 몰입할 준비가 된 것이다. 그렇게 잠시 멈췄던 시간들을, 불안이 아니라, 나를 위한 장기적인 투자였다고 받아들이고 나니, 새로운 일에 대한 호기심 역시 자연스럽게 따라왔다.

내가 언제나 좋아하고 결국 다시 돌아오게 되는 류의 일은 같았다. 아이디어를 기획하여 새로운 것을 실현하는 일. 아무것도 없는 상태에서 무언가를 만들어내는 일. 그건 단순히 재밌는 일을 넘어, 내가 가장 오래 붙들 수 있는 일이었다. 몸이 지쳐 있을 때 조차도, 그런 일을 하고 있을 때면 곧 바로 에너지가 차올라 다시 몰입할 수 있었다. 대게 그런 종류의 일들은 많은 에너지를 요구하지만, 지난 3개월 동안 나를 치유하며 채워넣은 에너지를 이제는 다시 추진력으로 사용할 수 있을 것 같았다.

회복과 재충전을 마친 나는, 다시 안정된 직장 생활을 받아들이고 새로운 경력을 쌓는 데 집중하기로 했다. 그렇게 나는 다시 나만의 속도로 새로운 세상을 향해 내디뎠다. 그 모든 시간은 멈춤이 아니라, 방향을 다시 고르는 과정이었음을. 그리고 비로소 깨달았다. 다시 달릴 수 있게 만드는 건, 언제나 멈춤이 있었기에 새로운 시작이 더 의미있고 소중해진다는 걸.

02 성장하고 싶어

열심히 준비한 끝에, 당시 국내에 네카라쿠배라고 불리던 곳들로부터 최종 합격 소식을 받게 되었다. 그 사실만으로도 충분히 벅찼지만 동시에 뜻밖의 기회도 찾아왔다. 커리어 3년 차, 한 유니콘 기업으로부터 한국 지사장 포지션을 제안 받은 것이다. 시작은 싱가포르에서 인연이 닿았던 한 투자사의 추천이었다. 그들은 동남아 시장 경험이 있는 90년대생 리더를 찾고 있었고, 마침 내가 걸어온 경력과 팀이 찾는 방향이 겹쳐지면서 일사천리로 미팅이 성사되었다.

광화문 포시즌스 호텔에서 COO를 직접 만나 두 시간가량 대화를 나누었다.

"켈리는 헝그리 정신이 강한 사람이다. 일에 대한 열정과 도전 정신이 그녀의 눈빛과 말에서 느껴진다. 솔직히 말하면… 미친 눈빛을 가진 스타트업 파운더 같다." 그 팀은 나의 경력이 길지 않다는 사실보다, 매 순간 산업, 직무, 시장을 빠르게 오가며 선택을 이어온 나를 좋게 봐주었다. 세 차례의 연봉협상 끝에 마지막 미팅에서 COO는 이렇게 말했다.

"당신이 당장 Yes할 수 있는 보상 숫자를 이야기해달라." (가진 것보다 훨씬 더 좋게 봐준다는 느낌에 잠깐 현실감이 사라졌다. 아마 팀에서 좋게 봐준 건, 어디에 던져놔도 어떻게든 살아남을 것 같은 생존력에 가까웠을 것이다.)

그럼에도 불구하고, 나는 그 자리를 고사했다. 분명 정말 값진 제안이었다.

IPO를 마친 정부 지원 고성장 기업, 전 세계 인재들과의 협업, 매달 4개국을 넘나들며 글로벌 전략을 실행할 수 있는 구조 그리고 Country Manager라는 타이틀과 좋은 보상까지.

그런데도 여전히 나는 확실히 대답할 수 없었다.

"이 길이 정말 내가 원하는 길인가?"

물론 나 자신의 부족함도 잘 알고 있었다. 경력에서 오는 깊이, 여러 상황을 해결해본 사람만이 가진 노하우가 있을텐데 그런 경험치는 나에게 아직 충분하지 않았다. 그 당시 나는 화려한 조건보다도 다양한 배경의 사람들과 부딪히며 배우고 성장할 수 있는 울타리를 원했다. 동시에 현실적인 고민들도 분명했다.

1) 한국 시장을 단순히 '테스트 마켓'으로 바라보는 구조,
2) 시차가 다른 곳에 있는 COO 직속 보고 체계는 오히려 저연차일수록
    '성장'의 기회를 제한할 수도 있겠다는 생각이 들었다.

그 시기 내게 정말 중요한 키워드는 단 하나였다. '성장'

결국 나는 다양한 동료들 사이에서 더 부딪히고 배우기 위해, 성장의 자리를 택하기로 했다.

글로벌을 마켓으로, 프로덕트를 만든다는 건

이후 나는 동남아 이커머스 경험을 주목해준 글로벌 프로젝트 팀과 연결되었다. 돌이켜보면, 그 시기는 좋은 팀과 리더분들을 만나 업무적으로 가장 많이

성장했던 시기였다. 처음 내게 주어진 일은 유저 인터뷰였다. 유럽권, 중화권, 일어권, 미주권 유저들을 직접 인터뷰하며 그들의 목소리를 들었다. 수많은 유저 피드백과 백로그 안에서 우리는 불편함 뒤에 숨겨진 '진짜 문제'가 무엇인지 찾아냈다. 유저를 직접 만나는 일은 언제나 즐거웠고, 그들의 말 한 문장 한 문장이 다음 기능 개발의 우선순위를 결정짓는 나침반이 되었다.

'글로벌'이라는 단어의 무게는 생각보다 훨씬 무거웠다. 한국에서 시작된 서비스를 글로벌로 확장한다는 건, 단순히 앱 내 버튼명을 영어로 바꾸는 작업이 아니었다. 해외의 정서를 충분히 이해하지 못한 채, 시장 상위의 서비스를 참고해 기능을 도입하려다 오히려 국내 사용자 경험과 충돌하기도 했다.

그 때 알았다. 글로벌향의 서비스를 만든다는 건, 단순 언어만 바꾸는 것이 아니라, 맥락을 이해하고, 문화적 차이를 읽어내고, 사용자 경험을 다시 설계해야 한다는 사실을. 그 시절의 시행착오들은 이후 참여하게 되는 여러 글로벌 서비스를 만들어가는 과정에서 소중한 밑거름이 되었다.

Strategic Product Manager

"우리 팀 내에서 Strategic Product Manager 의 역할을 해 보시는건 어때요? 비즈니스의 전체 그림을 보고 새로운 기회를 탐색하고 연결하는 사람을 말해요. 결국 핵심은 Discovery와 Business 두 영역에 대해 모두 이해 하는 일인데, 캘리라면 할 수 있을 것 같아요."

회사에서 공식 직무로 존재하는 포지션은 아니었지만, 리더분께서는 Product Manager의 역할을 네 가지 범주로 세분화하여 새로운 역할을 제안해주셨다. 실행 가능한 전략으로 구조화하고 리소스를 설계하여 다양한 팀을 조율해 하나의 목표를 현실화하는 일.

나의 성향 상 하나의 도메인만 깊게 파고드는 일보다, 프로그램 전체를 넓게 바라보고 연결점을 만들어가는 일이 더 잘 맞았다. 그 시기부터 팀 내 협업도 많아졌다.

돌이켜보면 일의 본질은 전부 사람이었다. 유저를 이해하는 일만큼 함께 일하는 사람을 이해하는 일. 나를 포함하여 각 구성원이 어떤 환경에서 동기부여를 받는지, 어떠한 환경에서 더 즐겁게 일할 수 있는지, 어떤 환경이 서로의 몰입을 이끌어내는지. 그렇게 좋은 프로세스는 함께 하는 사람 위에 세워진다는 걸 깨달았다.

03 실행은 나의 언어(이자, 피드백은 나의 연료였다)

나는 늘 속도에 자신 있었다. 하지만 어느 순간부터 빠른 실행은 장점이자 동시에 단점으로 작용했다.

"캘리는 정말 빨라요. 150km/h로 던지는 강속구 투수 같아요. 하지만 포크볼, 체인지업도 던질 줄 알아야 오래 갈 수 있어요."

리더분의 피드백에 정통 스트레이트만 던지다 방망이에 정통으로 맞은 투수처럼 멍해졌다.

그동안 나는 '빨리 던지기만 하면 된다'고 믿어왔다. 그러나, 리더분께서는 속도뿐만 아니라, '언제', '누구에게', '어떤 페이스로' 던질지를 함께 고민하는 사람만이 결국 오래 간다는 사실을 가르쳐주셨다. 방향이 조금만 틀어져도 빠른 속도는 오히려 더 큰 손실을 만들 수 있다는 사실을. 그렇게 속도와 완결성의 균형은 언제나 내게 가장 어려운 숙제였다.

감사하게도, 그 시절, 나의 리더는 늘 나를 믿어주시고, 부족한 부분은 단호하게 짚어주시되 사람에 대한 애정은 절대 놓지 않는 훌륭한 분이셨다. 그 응원 덕분에 나는 내가 가진 강점과 한계를 동시에 마주할 수 있었다.

함께 도착하는 법

여러가지 다양한 시나리오를 그려 빠르게 대안을 제시하며, 시간을 아끼지 않고 달려드는 힘은 분명 나의 강점이었다. 다만 때로는 다른 이의 속도를 기다리지 못해 결국 혼자서 일을 마무리 해버리곤 했다. 그때 리더분께서 내게 알려주신 아주 단순하면서도 깊은 깨달음이 있었다. 바로 함께 일한다는 건, 나의 속도만큼이나 다른 이의 속도도 존중하며 리듬을 맞추는 일이라는 것.

"혼자만 달려서는 완성되지 않아요."

빠르게 가는 것보다 중요한 건, 우리 모두가 함께 도착하는 것. 그 때부터 나의 목표는 결과보다 과정, 속도보다 조율로 바뀌었다. 업무와 협업에 있어 조급함도 서서히 내려놓게 되었다.

그 과정에서 나만의 원칙도 생겼다.

* 굳이 관여하시 않아도 되는 일은 손 떼기
* 다른 담당자에게 스스로 배울 기회를 주기
* 일할 땐 몰입, 쉴 땐 온전히 쉬기

* 모든 피드백은 열린 마음으로, 감사는 명확하게 표현하기.

서로 다른 속도와 배경을 가진 사람들이 함께 결과를 만들어가기 위해, 협업의 정확도, 문서의 완성도, 명료한 커뮤니케이션을 하는 훈련을 계속해나갔다. 그 결과 우리 팀이 설정한 공동 목표를 빠르게 달성할 수 있었다. 훌륭한 팀원들과 많은 성장의 도약이 이루어졌던 시간이었다.

디테일을 놓칠 때면, 그 빈틈을 채워주는 팀원들이 있었고 나는 공동의 목표를 잘 실행할 수 있도록 속도를 끌어올렸다. 그렇게 우리는 서로의 강점을 엮어, 하나의 완성된 그림을 만들어나갔다.

특 별 한 공 간 1 - 늘 거 기 있 던 애 틋 함

어릴 적 나는 무척이나 소심했다. 누가 말을 걸기만 해도 바로 울어버리던 아이. 그렇게 나는 엄마 뒷꽁무니만 졸졸 쫓아다니던 아이였다. 그 시절 내게 엄마는 나의 우주이자 온 세상이었다.

엄마의 일기장, 나의 첫 기록

우리 엄마는 글을 참 잘 썼다. 우연히 읽게 된 엄마의 수첩에는 언제나 아주 많은 부분이 내가 주인공(물론 지금도다. 엄마의 대부분의 프로필 사진은 나의 사진과 영상으로 도배되어있다)이었다.

그런 엄마를 보며 나는 자주 생각했다. 나도 엄마처럼 글을 쓰며 삶을 살아내는 사람이 되고싶다고.

다섯 살쯤이었다. 엄마는 내게 작은 그림 일기장을 하나 사주셨다. 어린 나에게 일기장은 기억하고 싶은 하루의 순간을 차곡 차곡 모아둔 또 하나의 작은 <다시 보고 싶은 세상>이었다. 그날의 날씨, 내 손으로 그린 엉뚱한 그림들과 함께, 제한된 네모 칸들 사이에서 표현하고 싶은 단어들을 마구 써내려나갔다. 조그만 손으로 나의 우주를 가득 묘사했던 어린 날의 기억들이, 지금도 엄마의 어느 서랍장을 가득 메우고 있을것이다.

엄마는 글 쓰는 것만큼이나 노래도 잘했다. 이릴 적 엄마외 나란히 침대에 누워, 엄마가 나긋하게 책을 읽어주거나 등대지기 자장가를 불러주던 밤이면 나는 그 어떤 담요보다 깊고 포근한 온기 속에 잠이 들곤 했다. 엄마 품에 안겨 엄마의 로션 향을 맡으며, 엄마의 눈을 바라보다가 스르르 잠들던 밤들. 그때의 나는, 엄마만 있으면 그 어떤 것도 이겨낼 수 있을 것만 같았다. 그 시기 엄마는 정말로 내게 슈퍼맨 같은 존재였다.

학창시절에는 대부분의 시간을 학교에서 보냈기에, 엄마와의 기억이 많지는 않다. 그럼에도 여름 밤이면 엄마 손을 잡고 동네 공원을 걷던 장면만은 아직도 또렷하게 남아있다. 엄마와 함께 반딧불이를 보며 까르르 웃던 밤들.

우울한 날에는 하교 길에 엄마를 불렀다. 그러면 엄마는 자전거를 끌고 학교 앞으로 나를 데리러왔다. 해안가 길을 따라 엄마 자전거 뒤에 앉아, 엄마 허리를 꼭 끌어안은 채, 바람을 맞던 기억이 아직도 선명하다. 그 길과 바다 내음, 그때의 낭만이 켜켜이 쌓여 지금 내가 바다를 좋아하게 된 이유가 되었는지도 모르겠다.

나는 엄마의 자전거가 참 좋았다. 자전거 뒤 편의 자리는 늘 그대로였고, 내 몸은 조금씩 자라 그 공간이 좁아졌지만, 그 불편함은 아무런 문제가 되지 않았다. 그 공간은 세상에서 가장 안전한 곳이었다. 불편해도 좋았다. 엄마 뒤에 앉아 바람을 맞던 그 순간은 언제나 '괜찮아지는 시간'이었다.

여전히 마음이 버거워질 때면, 엄마가 제일 먼저 떠오른다. 그냥 엄마 얼굴을 떠올리는 것 만으로도 마음이 나아졌다. 뉴욕의 칼바람이 유난히 매서운 오늘 같은 날, 자전거 뒤에서 느꼈던 따뜻한 엄마의 등이 유독 그리워지는 날이다.

나의 결핍이 엄마에게

엄마와 딸의 관계는 어렵고도 복잡하다. 세상에서 가장 사랑하면서도 가장 어려운 사이. 엄마는 늘 내게 말했다. 우리는 평행선을 걷는 사이라고. 닿을 듯 말듯 팽팽하게 이어져 있는 동시에, 묘하게 (멀리 떨어져 있어도) 가장 가까이에서 부딪히는 관계.

내게 엄마는 그런 사람이다. 생각하면 늘 애틋하며, 세상에 그 누구보다 가장 사랑한다고 말할 수 있는 사람. (지금의 남편이 나타나기 전까진 그 사랑을 대체할 사람은 단 한 명도 없었다.)

하지만 나는 종종, 아니 꽤 자주 엄마를 아프게 했다. 특히 내 안의 결핍과 욕심이 서툰 말과 행동으로 튀어나올 때면, 그 말 한마디가 날카롭게 엄마 마음을 스쳐 지나가 시들게 만들었다. 엄마에게 준 상처는 꼭 부메랑처럼 나에게 돌아왔다. 다투고 뒤돌아서는 순간, 그 배로 아픈 건 늘 나였다. 엄마의 마음에 큰 못이 박히면, 결국 그 못은 더 깊은 강도로 나를 짓누른다는 것을 누구보다 제일 잘 알면서. 다른 이들을 대하듯, 상처를 주지도 받지도 않는 적정한 온도가 우리 사이에도 있었다면 얼마나 좋을까. 그럼 우리는 덜 다쳤을텐데. 그런데도 나는 또다시 엄마를 서툴게 사랑했다. 사랑하는 마음만 전해도 모자란 시간에.

가장 안전한 사람에게 닿은 말

사랑하는 나의 엄마, 나는 당신을 생각하면 자꾸 눈물이 났다. 귀하고 찬란하고도 이주 고운 삶을 살아왔어야 할 당신인데 나의 결핍과 욕심이 꽤 잦은 빈도로, 당신을 울게 만들었다.

이건 하지마, 저것도 하지마, 혹은 엄마가 원하지도 않은 일에 그저 내가 봤을 때, 좋아보인다는 이유로 권하기도 했다. 어쩌면 엄마의 행복을 내 기준으로 재단하며 좁혀버린건 아닌지.

그런 엄마 앞에서 나는 아주 작은 것에도 쉽게 토라졌다. 표현하기도 참 쉬웠다. 어딜가서도 그만큼 당당하지 못할꺼면서 유독 엄마 앞에서는 항상 당돌했다. 마치 내가 세상의 이치를 다 알기라도 하듯, 말하고 행동했다. 그 당돌함이 종종 엄마를 아프게 했다. 당신이 얼마나 여린 사람인지 잘 알면서도.

어느 순간부터 엄마가 울먹이는 순간들이 많아졌다. 그럼에도 나는 변함없이 당신 앞에선 항상 조급하고 당돌했다. 그럼에도 엄마는 언제나 나를 사랑으로 품었다. 단 한번도 그 사랑을 거두지 않았다. 그런 엄마가 단 하나의 힘든 일도 겪지 않게 할 수 있다면 최선을 다해보겠다고 수도 없이 마음 속으로 되뇌이며 스스로에게 약속했다. 하지만 돌아보면 그런 다짐은 늘 말뿐이었다. 오래 전부터 깊숙이 자리한 나의 결핍들이 예고없이 불쑥불쑥 솟구칠

때면 그 순간 나는 연약함을 주체하지 못한 채 쉽게 휘둘렸다.

대학생 때였다. 하숙집에 반찬 가득 싸 들고 딸을 보러 서울에 올라온 엄마의 마음을 작은 말 다툼으로 결국 차갑게 밀어냈다. 사소한 말 한마디에도 마음이 뒤틀리고, 그 뒤틀림을 넘기지 못해 결국 날 선 말이 튀어올랐다. 숨이 막혔다. 이유를 설명할 수 없었고, 설명하고 싶지도 않았다. 돌아서는 엄마의 뒷모습을 바라보며 한참을 울었다. 결국 편지와 꽃을 사 들고선, 다섯 시간 버스를 달려 엄마를 찾아갔다. 엄마를 아프게 한 뒤, 무너지는 건 늘 나였다. 나는 늘 상처를 주고 나서야 사랑을 깨닫는 사람이었다. 전하고 싶은 건 사랑인데, 먼저 나오는 건 미운 소리였다.

나는 좋은 모녀 관계라는 퍼즐을 맞추기 위해 애썼다. 맞지 않는 퍼즐조각을 빈틈 하나 놓치지 않으려 안간힘을 쓰는 사람처럼, 조금이라도 보이는 우리 사이의 빈틈을 어떻게든 메워보려 덤볐지만, 그 억지스러움이 종종 더 큰 상처를 만들었다. 그렇게 내 방식은 늘 서툴렀다. 엄마와 나 사이의 틈은 잠시 메워지는 듯하다가 어딘가에서 다시 아프게 벌어졌다. 그럴 때면, 살얼음판 위에서 스스로 발끝을 찍어 걷는 것처럼, 내 말과 행동이 모두 내 마음부터 찔렀다. 아프고도 쓰라렸다. 다투고 돌아서면 결국 나는 펑펑 울었다. 그럼에도 불구하고, 우리는 오래도록 서툰 방식대로 서로에게 닿으려 노력했다. 어쩌면 그게 모녀가 사랑을 배워온 방식이었을지도 모르겠다. 엄마도 살면서 엄마가 처음이고, 나도 딸로서의 역할이 처음이니까. 여전히 부드러움보다 서툼이 먼저 오가는 관계였지만, 끝내 다시 서로에게 돌아와 닿았다. 그건 우리만의 불완전한 언어로 쌓아온 사랑이었다.

지금의 나보다 훨씬 더 어린 나이에 엄마가 되어, 처음 해보는 엄마의 역할이 얼마나 서툴고 두려웠을까. 눈물로 지새운 날도 많았을 테다. 그럼에도 엄마는 태어나서부터 모든 순간이 유난이었던 딸을 언제나 최고로, 최선을 다해 사랑했다. 처음 해보는 엄마는 꽤 훌륭했다. (처음 해보는 딸인 내가, 늘 문제였지)

막내이모가 남겨준 DVD 속에는 다섯 살의 내가 있었다. 밝고 예쁜 목소리로 내 이름을 부르던 엄마도 있었다. 그런 엄마가 온 세상의 전부인 양 "엄마, 엄마—" 하며 나는 당신을 졸졸 따라다녔다.

엄마는 어릴 적부터 우리 사진을 유독 많이 남겨주었다. 엄마의 수동 필름 카메라로 세상의 모든 순간을 우리로 가득 채워 넣었다. 꽃이 피면 불러 세우고, 날이 좋으면 날이 좋다며, 그다지 특별하지 않은 평범한 하루마저도 '기억해야 할 순간'으로 채워주었다. 그렇게 온 우주가 엄마였던 그 소녀가 이제 서른이 되었다.

사랑이 한꺼번에 밀려오던 날

결혼식장에 들어서던 날, 식이 시작하기도 전에 신부대기실에 들어온, 곱게 한복을 차려입은 엄마를 마주했다. 나는 그대로 눈물이 터져버렸다. 어여쁜 엄마를 보니 내가 세상에 태어나 엄마와 함께한, 모든 29년이 한꺼번에 필름처럼 스쳐 지나가는 것 같았다.

"신부님 아직 식 시작도 안 했어요. 이렇게 울면 안돼요. 오늘 예쁜 화장 다 지워져요."

당황해서 부랴부랴 내 눈물을 닦아주던 플래너님을 포함해 신부대기실에 있던 모두가 놀란 눈치였다. 그 순간부터 식이 끝날 때까지, 엄마의 얼굴에서는 눈물이 뚝뚝 떨어졌다. 아주 오랜 시간 쏟아주던 사랑을 한 번 더 꾹 눌러 담아 보내듯. 한복의 고운 깃을 타고 흐르던 그 눈물은 마치 엄마가 나에게 건네는 작별 인사 같기도 했다. 이제 나에게는 또 다른 세상이 생기겠지. 새로운 나라에서 새로운 가족과 함께. 또 다른 이름의 사랑을 배우며 살겠지. 나의 가족, 언젠가

품게 될 나의 아가, 그럼에도 불구하고 나는 아마 평생, 엄마에게서 아주 큰 사랑을 바라며 살아갈 것이다. 어른이 되어도, 먼 나라에 살아도, 나에게 엄마는 언제나 마음의 방향을 잡아주는 북극성 같은 공간이니까.

미국으로 떠나기 며칠 전, 엄마에게 긴 메세지를 보냈다.

"엄마 나는 진짜 독특하지. 그리고 앞으로도 계속 독특한 일을 벌이고 독특하게 살고 있을거야. 그러다보면 위대한건 솔직히 잘 모르겠고, 내가 원하는 방식으로 살아가는 사람이 되어있지 않을까. 그런데 생각보다 이런 나를 있는 그대로 받아주는 세상과 사람들은 많지 않더라. 그런데 나의 남편은 그런 사람이야. 이런 나보다도 훨씬 더 큰 그릇을 가진 사람이라, 그와 함께 떠나는 이 길이 비록 고되고 힘들어도, 결국은 우리가 원하는 방식으로 삶을 꾸려갈 것이라고 나는 믿어. 그래서 이 시간에 투자하는 거고. 그러니 걱정하지마. 잘 살게. 자만하지 않고 더 건강하고 행복해져서 만나자."

나는 엄마로부터 진짜로 독립하는 것이 또 다른 사랑의 형태일 수 있다는 것을 배웠다.

두 개의 울타리

힘들 때 제일 먼저 떠오르는 사람. 좋은 것을 보면 가장 먼저 공유하고 싶은 사람, 수많은 나의 일기 속 주인공이었던 사람, 또 내가 살고 싶은 이유 (그리고 더 잘 살고 싶은 이유였던 사람), 그건 언제나 엄마였다. 평생 그럴 것만 같았다. 그런데 어느 순간부터 그 중심이 조금씩 남편으로 옮겨가기 시작했다. 언제부터였을까? 떠돌기 시작하면서부터였을까?

애석하게도 그럴 수 없다는 걸 잘 알면서도 나는 엄마같은 남편을 찾았다. 그런 역할을 기대해서는 안된다는 것도 잘 알고 있었지만, 그럼에도 불구하고 그 울타리를 남편이라는 존재로부터 찾고 싶었다. 남편은 엄마가 될 수 없는 걸 알면서도. 그니까 나는 두 사람 모두에게 참 이기적이었던 거다.

내가 기대던 사랑의 중심이, 엄마에서 남편으로 조금씩 옮겨가고 있다는 사실을 깨달은 날, 한국에서 미국으로 향하던 그 비행기 안에서 나는 끝내 펑펑 울었다. 상공 위에서 그 길의 양쪽 끝에는 엄마와 남편이 있었다. 나는 그 두 공간 사이에서 한참을 울었다.

삶도, 시간도 무한하지 않듯 내가 살아가는 가장 큰 이유도 결국 이 두 사람일 것이다. 엄마와 남편. 내 불안을 잠재워주고, 사랑을 건네고, 언제든 돌아갈 수 있는 울타리가 되어주는 사람들. 이기적이라는 것을 알면서도, 그리고 지금도 아주 큰 사랑을 받고 있으면서도 여전히 더 많은 사랑을 받고싶다.

엄마와 남편을 멍하니 떠올리다 보면 이유 없이 눈물이 먼저 난다. 말로 형용할 수 없을 만큼 사랑하는 마음이 이렇게 큰데, 내가 주는 것보다 언제나 받는 사랑이 더 커서. 그래서 더 고맙고, 그래서 더 미안하다.

분명한 건 엄마가 한결같이 나를 지금보다 더 나은 사람, 더 좋은 사람, 더 잘하고 싶은 사람으로 만들어주었다는 사실이다. 있는 그대로의 나를 온전히 바라봐주었기에, 그 곁에 있을 때 나는 나 자신을 움츠리거나 편집하지 않아도 되었다. 그저 나로 존재하는 것이 허락되었던 순간들이었다. 그 시간들이 모여 지금의 내가 있다. 그런 엄마에게, 고맙습니다. (아빠도 감사하고 사랑해요.)

2부 [청춘의 공간]
여행을 벗어난 여행

증명해야

했던

고독

이곳은 나와 어울리지 않아. 혹은 더 큰 자극이 필요해. 더 큰 세상에서.

환경을 바꿔도, 도시를 옮겨도, 늘 내 본능은 새로운 공간을 향했다. 그럼에도 불구하고, 내 청춘의 어느 시절은 늘 외로웠다.

때로는 '원치 않던 적막과 고독'을 경험해야했고, 또 때로는 끝없이 증명해야만 했다. 피할 수 없는 고립이었다. 사고도 났고, 예측할 수 없는 코로나라는 재난도 삶 한 가운데에 들이닥쳤다. 세상과 단절된 채, 스스로를 끊임없이 증명해야 하는 긴 시험 같았다. 끝없이 나를 채찍질하며, 내가 꽤 '괜찮은 사람'임을 매순간 스스로 설득해야만 할 것 같았다.

그렇게 나의 청춘의 공간들은, 나를 성장시키는 동시에 증명해야만 살아남을 수 있는 무대가 되었다. 왜 살아남는다고 생각했을까? 돌아보면, 나에게 '살아남는다'는 것은 단순히 생존하거나 버틴다는 뜻만은 아니었다. 누군가와의 연결이 유지되어야만 비로소 아직 살아있다고 느낄 수 있었던 것 같다.

01 쉼표가 필요해

호주에서 돌아온 지 얼마 지나지 않아 바로 3학년 1학기가 시작되었다. 어릴적 부터 외국에서 살아보는 삶에 대한 막연한 동경을 품고 있던 내게, 어느 날 학교 게시판 위에 붙어 있던 해외 교환학생 모집 공고가 눈에 들어왔다.

당시 휴학은 하기 싫지만 쉬고 싶었다. 도피이자 동시에 쉼표 같은 시간이 필요했던 거다. 역설적이게도 서울이라는 도시가 주는 끊임없는 자극이 좋았지만, 그 속도에 계속 휩쓸리다보니, 조용하고 조금은 낯선 환경 속에서 숨을 고르고 싶었다.

서울은 언제나 나를 바쁘게 했다. 대외활동, 공모전, 새로운 프로젝트들에 둘러쌓여 늘 무언가를 해야한다는 압박을 만들었다.

"이왕 다른 나라에 살아본다면, 그 모든 것으로부터 한 걸음 떨어진, 가장 익숙하지 않은 곳으로 가보자."

그러려면 내가 전혀 알지 못하는 공간이 좋을 것 같았다. 교환학생 학교 리스트를 펼쳤다. 유럽의 북쪽 끝자락, 인적이 드물고 매일 밤 오로라가 하늘을 가득 채운다는 나라, 핀란드가 시야에 들어왔다.

낯선 땅에서 혼자가 되는 일

초가을만 되어도 전기장판을 '강', 최고 온도로 틀고 살던 내가 영하 30도의 북유럽이라니. 주변에서 들으면 다들 기겁할 일이었다. 그런데 이상하게도 마음이 끌렸다. 지금이 아니면 여행으로조차 쉽게 닿기 어려울 것 같은 곳에서 여섯 달을 살아보고 싶어졌다.

그 단순한 이유 하나로 나는 다음 학기 겨울, 핀란드 교환학생을 지원했고 선발되었다. 긴 비행을 마친 후 도착한 핀란드의 오울루 공항은 놀라울 만큼 낯설었다. 서울의 분주함과는 정반대의 고요함. 그곳에서 내가 처음 마주한 감정은, 설렘도 두려움도 아닌 묘한 정적이었다. 낯선 나라에 첫발을 내딛은 기쁨과 동시에, 이제는 모든 것을 혼자 감당해야 한다는 실감이 뒤늦게 밀려왔다.

고요 속에서 단단해지는 일

핀란드의 겨울은 상상 이상이었다. 매일 해가 떠 있는 시간은 고작 네 시간 남짓. 학교까지는 도보로는 엄두도 낼 수 없었고, 버스를 타자니 편도만 해도 7유로가 넘었다.

결국 선택지는 하나였다. 눈이 허벅지까지 쌓인 날에도, 히트텍을 사이즈별로 겹쳐 입고도 모자라, 피싱부츠에 스키복까지 껴 입은 채 자전거로 삼십 분을 달려 학교를 오갔다. 숨을 쉴 때마다 입김이 얼어붙는 것 같았다.

그 시절, 나는 낯섬과 외로움을 매일이 마주했다. 혼자 있는 시간이 지나치게 많았다. 익숙했던 소음도, 아는 얼굴도 하나 없는 이곳에서 나는 내 안의 외로움이라는 감정을 처음으로 받아들이게 되었다.

외로움이란 것이 꼭 두려운 감정만은 아니라는 것도 그때 알았다. 오히려 나 자신에게 집중할 수 있는 시간이 되기도 했다. 버겁게 그리고 바쁘게 일정을 채워넣던 시간 대신, 비워내는 용기를 배웠고 '아무것도 하지 않는 나'도 괜찮고, '조용한 나'도 사랑스러울 수 있다는 걸 배웠다. 그 속에서 나도 조금씩 단단해지고 있었다. 더디지만 분명한 속도로. 끝없이 이어지는 북유럽의 겨울처럼 고요하지만 아주 깊게.

02 어둠 속에서 멈춰버린 어느 오후

그 평온한 시간 속에도 예상치 못한 시련은 찾아왔다. 핀란드에 도착한 지 석 달쯤 되었을 때였다. 친구들과 캠핑을 마치고 자전거를 타고 돌아오던 어느 오

후 3시, 하늘은 이미 밤처럼 깜깜했다. 마지막 주자로 뒤에서 따라가던 나는, 앞서 가던 친구가 갑자기 멈춘 걸 미처 보지 못한 채, 그대로 바위에 부딪혔다. 순간 모든 것이 멈췄다. 앞니 두 개가 그대로 바닥으로 떨어져 나갔고, 이마와 인중, 턱에서는 피가 줄줄 흘러내렸다.

이미 어둠이 내려앉은 거리 위에서 나는 일어날 수도 없이, 그 자리에 얼어붙었다. 아픈 것도 아픈 거였지만, 그보다 훨씬 더 무서웠던 건 이 차갑고 어두운 거리 위에 '혼자'라는 사실이었다.

그 순간을 붙잡아준 건 뜻밖에도 지나가던 한 핀란드 부부였다. 내 상태를 급히 확인하더니, 아무런 망설임도 없이 나를 차에 태워 병원으로 데려가주었다. 병원에 도착하자마자, 교환학생 프로그램을 함께하던 친구들에게 연락이 닿았고, 친구들은 놀란 마음으로 병원으로 달려왔다. 그 시각이 저녁 6시였다. 그

때부터 긴 기다림이 시작되었다. 밤 12시가 되도록 내 차례는 오지 않았다. 핀란드의 응급실은 한국과는 달랐다. 접수 순서가 아니라, 환자의 상태를 '심각도'에 따라 분류해 진료의 우선순위를 정했다. 그날 따라 오울루 지역에는 크고 작은 사고가 유난히 많아 보였다. 구급대에 실려온 환자들이 끊임없이 밀려들었다. 낯선 언어가 오가는 대기실, 형광등 불빛이 새하얗게 번진 복도, 기계음 사이로 들려오는 희미한 발자국 소리들. 누군가의 신음이 멀리서 들렸다가 이내 사라졌다.

시계를 볼 때마다 바늘이 제자리를 맴도는 것 같았다. 몸은 점점 굳어갔고, 얼굴의 통증은 더 깊어졌다. 나는 그저 내 이름이 불리기만을 몇 시간이고 기다렸다. 그렇게 밤 12시가 되어서야 비로소 내 이름이 불렸다.

진료실에 들어가자 의료진은 이미 늦은 밤이라며, "오늘은 할 수 있는 게 없다."라고 했다. 그저 거즈로 상처를 가볍게 소독해주는 것이 전부였다. 6시간의 기다림 끝에 돌아온 게 피가 잔뜩 묻은 거즈 한 장뿐이라니.

서러움이 목구멍까지 뜨겁게 올라왔다. 병원을 나서는 길, 차가운 공기가 상처 위로 스며들었다. 그때서야 아까 참았던 눈물이 두 뺨을 타고 흘러 내렸다. 이 낯선 나라에서, 내가 과연 온전히 치료받을 수 있을까? 걱정과 두려움이 앞섰다.

지는 것 같아서

그 다음 주부터 나는 대부분의 수업을 빠지고 치료에 전념하기 시작했다. 한 달 반 가까이 이어졌다. 그날 부터 하루 아침에 나의 핀란드 생활은 병원 투어로 바뀌었다.

매일 반복되는 통증, 쌓여가는 불안, 거기다 거울 앞 피투성이의 낯선 얼굴을 볼 때 마다 마음도 함께 무너져내렸다.

"다시 한국으로 돌아갈까?"

그 생각을 몇번이나 반복했는지 모르겠다. 기댈 곳도 없는 이 곳에서 혼자 버틴다는게 너무나도 두려웠다. 하지만 돌아서는 순간, 이 모든게 도망이 될것만 같았다. 지는 것 같았다. 결국 해볼 수 있는 한 끝까지 버텨보자는 마음으로 핀란드에서 받을 수 있는 한 모든 치료를 이어나갔다.

느린 회복

문제는 바로 비용이었다. 치료받는 동안엔 아무 설명도 없었지만, 며칠 뒤 기숙사 우편함을 열자마자 숨이 턱 막혔다. 두툼하게 쌓인 하얀 봉투들. 그 안에는 수천 유로짜리 병원비 청구서가 무더기로 들어 있었다. 짧은 진료 한 번조차 결코 작은 금액이 아니었다. 교환학생 보험으로 비용을 처리하기 위해 나는 국제학생 담당자와 수차례 상담하며 증빙 자료를 제출했다가 수정해 다시 보내고, 또 그를 만나기를 반복했다.

몸은 몸대로 마음은 마음대로 지쳐갔다. 그렇게 하루하루 아주 작게, 때로는 보이지도 않을 만큼 느리게 회복해갔다. 통증이 잦아들고, 흉터도 서서히 옅어져가며 조금씩 회복해나갔다. 고통의 끝에는 상처를 있는 그대로 받아들이고 묵묵히 나 자신을 껴안는 법을 배운 내가 있었다. 핀란드는 그렇게 나를 천천히 살게 했다.

다시, 길 위에서

조금씩 회복해 가던 나는, 남은 교환학생 기간 동안 강의실에만 머물지는 않았다. 배낭 하나 메고, 헬싱키 공항으로 향하는 밤샘 버스를 타고는 유럽 전역을 누볐다. 목요일 새벽에 출발해 월요일 아침 수업 전에 돌아오는 일정으로. 여유로운 학사 일정 덕분에, 유럽 곳곳을 여행하며, '길 위의 나'를 알아갔다.

파리의 골목에서 크루아상을 베어물다간, 미술관에서 그림을 보고, 오스트리아에서 오페라 공연을 보며, 책에서만 보던 세상을 직접 마주하는 기쁨에 취했다. 그렇게 길을 잃고 헤맸던 밤조차도 웃으며 이야기할 추억이 되었다.

그 시기 나는 새로운 세상을 자유롭게 배우고 누빌 수 있을만큼 용감했다. 돈 조금 더 아껴보겠다며, 카우치서핑으로 머물 곳을 구하고, 긴 스탑오버 시간 동안에는 공항 의자에 몸을 웅크리며 쪽잠을 청해도 행복했다. 어떤 날은 히치하이킹으로 낯선 이의 차를 얻어 타기도 했고, 점심시간 옆 테이블에 앉은 이와 나눈 대화 끝에 예상치 못한 목적지를 함께 향하기도 했다. 만나는 사람마다, 그날의 기분마다 계획이 달라졌다. 그렇게 사람을 따라, 기분을 따라, 날씨를 따라 하루 하루의 여정이 새롭게 그려졌다.

그 즉흥적인 선택들이 쌓여 그 시절의 나를 만들었다. 대략적인 방향만 정해 두었을 뿐, 그 밖의 여정은 만난 사람들과의 대화, 그들이 건넨 한마디에 이끌려 우연에 몸을 맡긴 채 새로운 지도를 그려나갔다.

매일 밤 숙소로 돌아오면 하루의 끝에 일기를 썼다. 그것은 단순한 여행기가 아니라, 새로운 사람들 속에서 발견해나간 나 자신에 대한 기록이었다. 새로운 세상 속에서 나를 발견해가는 성장의 기록. 그 모든 우연이라 믿었던 선택들이 모여, 그 시절의 나를 만들었다.

01 새로운 나라, 새로운 나

2020년 3월 20일, 코로나가 전 세계를 뒤흔들던 시기. 그
렇게 나는 적도의 공기로 가득한 싱가포르 땅을 밟았다.

출국 전 인천공항엔 그 당시 남자친구이자 지금의 남편이
함께 있었다. "우리 그래도 한 달에 한 번은 볼 수 있을 거야."
서로의 눈물을 닦고선, 나는 비행기에 올랐다.

그렇게 아시아 태평양(APAC)의 허브, 싱가포르에서 새로
운 직장 생활이 시작되었다. 다양한 국적과 언어, 문화가 뒤
섞인 이곳은 그 자체로 또다른 세계였다. 새로운 나라, 새로
운 사람들 사이에서 나는 익숙했던 삶의 방식을 하나씩 지워
가며, 그 자리에 조금씩 다른 나를 채워갔다.

늘 그렇듯, 새로운 삶을 품기 위해서는 기존의 나를 비워
야 했다. 익숙한 틀을 고수한 채로는, 새로운 세상을 받아들

일 수 없었다. 내 안에 빈 방이 다시 생겼다는 사실을 인정하고 나서야, 나는 마음의 문을 열고 새로운 세상을 마주할 수 있었다.

증명해야만 했던 여름

그렇게 나는 항상 '더 큰 세상'을 꿈꾸며 살아왔다. 그러다 어느날 문득 스스로에게 물었다.

"더 큰 세상이 도대체 무엇을 의미하는 걸까?"

곰곰이 생각해보니, 그것은 익숙하지 않은, 한번도 경험하지 않은 삶, 그 자체를 의미했다. 새로움은 언제나 나를 설레게 했다. 낯선 장소나 상황에서 낯선 나를 발견하는게 좋았다. 여전히 두렵고 무섭지만, 그런 순간들이 쌓이면, 내 삶에 또 다른 무기를 장착하는 것 같았다. 난감한 상황이든 벅찬 순간이든, 그 모든 경험은 이후 마주한 유사한 상황에서 나를 조금 더 성숙하게 만들었고, 내일의 나를 더 유연하게 하는 재료이자 혜안이 되었다. 그렇게 조금이라도 젊을 때 가능한 한 많은 낯섦에 부딪혀야 내가 꿈꾸는 공간과 시간 속에서 더 자유로운 삶에 가까워질 것이라 믿었다.

그런 의미에서 싱가포르는 한번도 경험하지 못한 새로운 무대였다. 연고 하나 없는 낯선 땅에서의 두 번째 자립. 20대 중반의 내게 싱가포르는 무지하게 뜨겁고 고독했으며, 끝없이 나 자신을 증명해야 했던 시험의 도시 같은 곳이었다.

그 당시 내가 하는 일은 사업개발이었다. 나는 이 일에 별명을 하나 붙여주곤 했다. 한국에서 잘 알려지지 않은 회사를 동남아 시장에 소개하고, 새로운 판로를 개척하는 민간 외교관.

한국의 훌륭한 팀이 해외에서 성장할 수 있도록 돕는 그 일에 아주 큰 성취감과 자부심을 느꼈다.

무너진 일상

하지만 코로나는 그 모든 시작을 조금 다른 방향으로 데려갔다. 첫 출근 날, 마땅히 있어야 할 사무실 대신, 나의 온보딩 장소는 거실의 작은 책상 앞이었다. 동료들과 대면하여 인사 한마디 건네지 못한 채, 어색한 카메라 화면 너머로 팀원들을 처음 마주했다. 이 뿐만이 아니었다. 도시 전체가 멈춰버린 듯, 거리엔 침묵만이 흘렀다.

내가 상상했던 싱가포르에서의 삶은 이런 모습이 아니었다. 적어도 한달에 한번은 가족과 친구들, 그리고 남자친구를 만날 수 있겠지. 또 동남아 여러 나라를 오가며 일하고 여행할 수 있겠지. 하지만 그런 건 상상조차 할 수 없었다. 매일같이 쏟아지는 뉴스에서는 잔인할 정도로 사랑하는 사람을 하루 아침에 잃은 이들의 이야기로 가득했다. 그 비극들을 지켜보며 처음으로 실감했다.

"내가 사랑하는 사람들과 함께한 시간은, 생각보다 훨씬 적었구나."

그제야 깨달았다. 사랑하는 사람들과 더 많은 시간을 보낼 수 있는 자유가,

내 삶에서 얼마나 중요한 가치였는지를. 그리고 그 자유의 부재가 내 행복에 얼마나 큰 영향을 미치는지도 알게 되었다.

장거리 연애도 이어졌다. 그 흔한 비행기마저 한동안 거의 멈추면서, 한달에 한번은 갈수 있을거라 생각했던 한국은 더 이상 '언제든 갈 수 있는 곳'이 아니었다. 나는 그 어디에도 속하지 않은 이방인 마냥 부유하며 하루하루를 살아갔다. 두 나라 어디에서도 완전히 정착하지 못한 이방인 같은 시간들 속에서, 나는 나를 지탱해줄 새로운 중심을 더 깊이 고민해야했다.

"무엇이 내 삶에 중요하지?"

성장이 전부이며, 그것이 '성공'이라 믿었던 가치들에 균열이 생겨 났다, 함께 커피를 마시며 하하호호 일상을 나누던 친구들, 주말에 사랑하는 사람과 마주 앉아 보내는 평범한 오후 같은 것들 —그 단순한 일상이 행복이었는데, 그런 평범함 같은 건 코로나 앞에서 무력하게 무너져버렸다.

02 버티는 법

그렇다고 이 시간을 그저 흘려보낼 순 없었다. 주어진 환경에서 조금이라도 더 건강한 모습으로 나를 지켜내야 했다. 그렇게 작은 루틴들을 붙잡았다. 명상과 요가를 다시 시작했다.

답답함이 밀려올 때면, 자전거를 빌려 이스트코스트 파크로 나갔다. 바람을 가르며 해안서을 따라 이어진 길을 달리다 보면, 출렁이는 파도와 바다 내음이 내 어깨를 툭 치며 말을 거는 것만 같았다.

"너의 세상은 작지 않아. 지금은 뜻대로 흘러가지 않는 일도 많고, 통제할 수

없는 일들도 계속 생기겠지만, 조금 늦어져도 괜찮아. 결국 시간은 네편이 되어
줄거야."

자전거를 잠시 멈춰 세우고 바다를 바라보고 있자면, 그 고요함이 내 마음을
풀어주며 위로해주는 것 같았다. 비어 있는 바닷가 풍경이 그날따라 묘하게 아
름다웠다.

돌아보면, 바쁜 서울을 떠나, 내가 원하든 원치 않든, 이렇게 조용한 곳에 머
문 것은 핀란드 교환학생 이후 아주 오랜만이었다. 인기척 하나 없는 바다 한 가
운데서 바다 내음은 한층 더 짙게 퍼졌다.

바다는 내게 묵묵히 파도를 보내왔다. 그 파도를 보고 있자니 바다 너머 저 편에서 곧 좋은 세상이 찾아올 것만 같았다. 그럼 나는 언제든 다시 떠날 수 있는 사람이 되었다. 가까운 미래에, 덥지도 춥지도 않은 새로운 어딘가에서 다시 뿌리를 내리게 될지도 모르겠다는 생각. 통제할 수 없는 이 시기가 지나면, 또 나는 서울도 싱가포르도 아닌 그 어느 곳에서 새로운 기회들을 마주하며 살아가고 있겠지. 현실은 언제나 계획대로 흘러가진 않겠지만, 힘든 날조차 성장통이라 여기며 묵묵히 견뎠다. 아프지만 또한 꿋꿋했던 시간들을 지나며 나는 조금씩 단단해지고 있었다.

나를 버티게 해준 또 하나의 방법은 다시 기록하는 일이었다. 잠시 소홀했던 블로그에도 다시 일상을 써내려가기 시작했다. 일주일을 정리하며 매주 브이로그도 만들었다. 한국에 있는 가족과 친구들에게 안부를 전하는 창구였다.

놀랍게도 나처럼 봉쇄된 도시에서 외로움과 싸우던 교민 분들이 많은 공감과 응원을 남겨주었다. 그 느슨한 연대감이 참 고마웠다.

그 무렵, 우연히 온라인 글쓰기 모임을 하며, 비슷한 시기에 싱가포르에 온 친구들도 알게 되었다. 사회적 거리두기로 누구 하나 쉽게 만날 수 없는 시기였지만, 서로의 하루를 공유하며, 매일을 버티는 힘이 되어주었다. 어떤 이는 나처럼 가족이나 연인을 본국에 두고 싱가포르에서 외로움을 견디고 있었고, 또 어떤 이는 나와 비슷한 시기에 이곳에 취업하여 고군분투하고 있었다. 상황은 모두 달랐지만, 같은 어려움을 공유한다는 것만으로도 우리가 가까워지기엔 충분했다. 그 시절 우리는 서로에게 단단한 위안이자 버팀목이었다.

거리만큼 그리움이

그러다 주기적으로 찾아오는 것이 있었다. 바로 그리움. 장거리 연애는 생각보다 훨씬 더 큰 인내심을 필요로 했다. 보고 싶을 때 마주할 수 없다는 현실이 때로는 서운함으로 다가왔다. 혹시 얼굴 까먹으랴 집안 곳곳에 남자친구의 사진을 붙여 두고선, 전화기 너머로 들려오는 그의 애틋한 목소리로 마음을 달랬다. 언젠간 그가 싱가포르에 올 수 있을 거라 기대하며 사놓았던 베게와 이불, 작은 선물들은 결국 내가 싱가포르를 떠날 때까지 그에게 닿지 못했다. 그 거리감은 우리를 종종 시험에 들게 했다. 사소한 오해로 언성이 높아지기도 했고, 전화기 너머로 울음을 쏟은 날도 잦았다. 무엇을 위해 이곳에 온 걸까. 사랑과 성장, 두 마리의 토끼를 모두 잡는 삶이란 그 어떤 낭만도 없었다. 그제야 알았다. 성장이 곧 내 삶의 전부라 믿어왔지만, 돌아보면 그만큼 나를 가장 크게 움직여온 힘은 사랑하는 사람들과 함께 보낸 시간이었다는 걸. 결국 2주의 자가격리를 감수하더라도 한국에 다녀오기로 결심했다.

돌아가지 않겠다는 결심

2021년 봄, 다시 인천공항 활주로를 밟았다. 그런데 이게 무슨 운명의 장난인가? 한국에 도착한 바로 다음 날, 기다렸다는 듯 싱가포르의 3번째 락다운이 시작되었다. 싱가포르로 돌아가는 비행편은 무기한 연기되었고, 나는 서울에 예상보다 훨씬 더 오래 머무르게 되었다. 또 한 번, 삶의 궤도가 예상치 못한 방향으로 흘러가기 시작했다.

그렇게 5개월간 한국에서 원격으로 업무를 이어나가던 어느 8월. 싱가포르 회사로부터 연락이 왔다. 이제 다시 싱가포르로 들어올 수 있다는 소식이었다. 기다렸다고 하기엔 솔직히 반갑지 않았다. 그곳에 가면 다시 매일을 울며 버텨낼 내 모습이 너무도 선명하게 그려졌다.

"더 이상 그곳으로 가고 싶지 않아."

회피가 아니라 꾹 눌러둔 진심이었다. 사랑하는 이들의 곁에 계속 있고 싶다는 간절함. 성장만 좇느라 애써 외면했던 내 안의 목소리를 들으니, 나는 확신했다. 싱가포르로 다시 돌아가고 싶지 않았다. 아주 간절하게.

그런데 그 마음만큼이나 동시에 아주 두려웠다. 아무런 계획 없이 지금까지 쌓아온 것들을 내려놓고 한국에 머물겠다는 건, 마치 스스로 패배자라는 낙인을 찍는 일처럼 느껴졌다. 좋은 직장과 빠른 성장 그 모든 것을 내려두고, 아무 계획도 없이, 마음의 목소리만을 따라가도 되는 걸까?

이성은 계속해서 아니라고 말했지만, 그보다 더 큰 목소리로 "제발 여기 있어달라고" 내면에서 소리쳤다. 사실 모든것이 무너져버린 상태에서, 무기력한 하루들을 다시 견뎌낼 자신도 없었다.

그렇게 나는 결심했다. 싱가포르로 다시 돌아가지 않겠다고. 내가 살고 싶은 삶의 모습에 싱가포르에서의 내 모습은 없었다.

물론 새로운 회사를 찾아야 했고 서울에서 보금자리도 다시 마련해야했다. 쌓아온 것들을 모두 내려놓고선 모든 것을 처음부터 다시 준비해야 했지만, 조급해지지 않기로 했다. 재취업이 늦어지더라도, 다시 사회로 나가는 속도가 더디더라도 너무 겁먹거나 두려워하지 않기로.

결국 나는 또 나만의 길을 만들 것이라 믿었다.

3부 [여행의 공간]
불안의 반대편

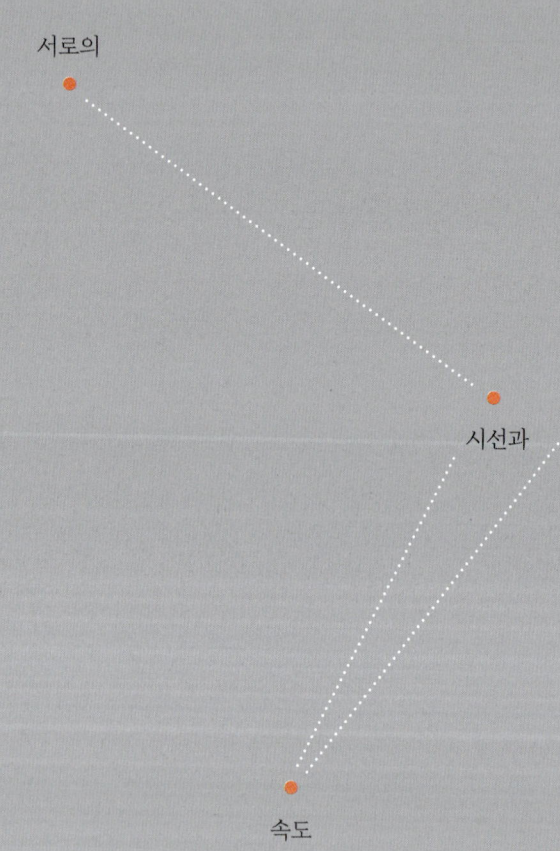

서로의

시선과

속도

낯선 환경과 도전은 의외로 내가 몰랐던 나를 향해 더 깊숙이 파고들게 했다.

그 시작점을 떠올려보면, 대학교 2학년 때로 거슬러 올라간다. 친한 친구 한 명이 호주로 워킹 홀리데이를 떠났다. 딸기농장에서 일하는 삶이 퍽 힘들다고 이야기를 전해왔지만, (미안하게도) 나에게는 그 힘듦이 버거움만으로 다가오지는 않았다. 겁나기보다는 오히려 궁금해졌다. 친구가 보내온 사진들과 이야기들이 호주라는 나라를 점점 더 궁금하게 만들었다. 어린 시절부터 막연히 동경하던 나라, TV에서만 보던 보던 코알라와 캥거루, 유난히 파랗던 하늘과 끝없이 펼쳐진 바다.

서울보다 분명 더 새롭겠지? 한번도 경험해보지 못한 풍경과 그곳의 사람들을 상상할때면 나는 자연스레 눈이 더 커지곤 했다.

익숙한 환경 속에서는 세상이 중요하다 여기는 가치에 나를 맞춰 살아가다 보니, '내가 진짜 원하는 것'과 세상이 원한다고 말하는 것들이 뒤섞여 잘 보이지 않았다.

전혀 모르는 곳에 가면 오히려 내가 어떤 사람인지 더 선명하게 찾을 수 있을 것 같았다. 아무도 나를 모르는 공간에서, 그리고 아무도 나에 대해 규정하지 않는 시선 아래서 오히려 더 나답게 존재할 수 있을 것만 같았다.

01 떠날 방법을 만들기

지금 돌이켜보면, 나라는 사람에게 새로운 세상은 '연결'을 경험하는 가장 좋은 무대였다. 전혀 다른 환경과 사람들을 마주할 때마다, 나는 자연스럽게 다시 되물었다. '내가 어떤 사람인지', '어떤 방식으로 세상과 연결되고 싶은지'.

그렇게 새로운 곳으로 향할수록 겉으로는 많이 바뀌는 것처럼 보였지만, 사실 그 때마다 나는 가장 나다운 모습으로 더 깊어지고 있었다. 그 깊어짐의 재료는 언제나 새로운 환경과 새로운 사람들이었다. 그래서 여행과 도전은 내게 단순한 공간의 이동이 아닌, 나를 더 잘 이해하기 위한 과정이었다.

문제는 돈이었다. 그 때의 주머니 사정으로는 당장 어디로든 떠날 수 있는 형편이 아니었다. 그러던 중 흥미로운 공모전을 하나 발견했다. 호주관광청에서 주최하는 공모전이었다. 호주에 가서 할 수 있는 특별한 기획안을 제출하여 1등으로 선정되면 여행 경비를 일부 지원해준다는 내용이었다.

운명 같았다. 이건 나를 위한 공모전임이 틀림없었다. 그리하여 그날 바로 참여를 결심하고선, 기획안을 쓰기 시작했다. '한복을 입고 호주 곳곳을 다니며 한글 캘리그라피를 써준다면? 그렇게 한글의 아름다움을 전해보면 어떨까?'

당시 나는 캘리그라피에 푹 빠져 있었다. 페이스북 페이지를 하나 개설하여 매일같이 붓펜으로 좋아하

는 문장을 써서 올리곤 했다. 누군가 "위로 받았어요." 혹은 "덕분에 기분이 나아졌어요."라고 메시지를 보내 올 때면, 나는 또 다시 세상과 연결된 것 같아 기뻤다. 작은 취미였지만, 누군가에게 닿을 수 있다는 사실이 신기했고, 그 경험은 나를 조금 더 용감하게 만들었다.

그래서 결심했다.

내게 익숙한 것들—한복, 한글, 캘리그라피—를 살려 호주에 가보자고.

결과적으로 그 기획안은 1등을 수상했다. 항공권 지원 소식에 잠시 기뻐했지만, 나머지 비용은 온전히 내가 감당해야 했다. 그래서 그 학기 치열하게 공

부했다. 덕분에 과탑으로 전액 장학금을 받았고 그 돈이 나의 첫 여행 준비금이 되었다. 돌이켜보면 그 학기가 대학 생활 중 가장 성적이 좋았던 학기였다. 의지가 목적을 만들고, 목적은 결국 방법을 만들어냈다. 훈민정음 문양이 수놓인 한복 네 벌과 전통 엽서, 서울의 사대문이 담긴 작은 명함을 챙겨 나의 첫 세계 여행을 시작했다.

호주에 도착했다. 한복이 예쁘다며 먼저 말을 걸어오는 아이들, "이게 한국 전통 옷이냐"며 눈을 반짝이던 관광객들, 내가 만든 캘리그라피 엽서에 그들의 이름을 한글로 써줄 때마다 퍼지던 웃음까지, 지금도 또렷하다. 그곳에서 만난 70명 가까운 사람들의 이름을 한글로 써서 건넸고, 호주의 여러 도시들을 누비며 한글과 한국을 사람들에게 소개했다. 나의 작은 프로젝트가 하나둘 조용히 퍼져나가기 시작했다.

하고 싶은 도전도 마음껏 했다. 가장 먼저 결심한 건 스카이다이빙이었다. 설날 당일, 한복을 입고 14,000피트 상공에서 뛰어내렸다. 가족들과 떨어져 보내는 첫 명절이었기에

평소라면 절대 상상조차 하지 못할 일을 과감히 해보고 싶었다. 상공에 몸을 맡긴 채 그대로 떨어지던 순간, 바람이 내게 "잘하고 있어."라고 속삭이며 나를 안아주는 것 같았다. 그렇게 나는 떠날 방법을 만들어 새로운 세상으로 나아갔다.

02 사람으로 시작해 사람으로 남은

이 여행이 내게 준 가장 큰 선물은 '내가 그곳에서 만난 사람들'이었다.

오스트리아에서 온 파일럿 아저씨, 밤마다 디저트를 나눠먹던 대니얼과 에리카, 게스트하우스에서 만나 지금도 연락을 주고받는 친구들까지. 혼자 떠났기에 더 많은 사람들을 만날 수 있었고, 새로운 이들과의 대화는 내가 알지 못했던 세계를 넓혀 주기에 충분했다.

새로운 모든 것들이 경이로웠다. 어떤 날은 절경이 너무 아름다워서 울었고, 그러다 그 아름다움을 혼자 만끽하는 것이 아쉬워 또 울었다. 또 어떤 날은 그저 특별한 이유 없이 지독히 외로워서 울었다. 그때마다 나는 썼다. 기뻐서 썼고, 슬퍼서 썼다.

그토록 바라던 넓은 세상을 마침내 만났다. 얼마나 간절했던가. 그 간절함은 내 안의 세계를 바꾸는 또 다른 힘이 돼 주었다. 새로운 세계에 대한 절박함을 잃지 않기 위해 느끼고 생각하는 모든 것들을 그렇게 글로 써내려갔다. 그 시절의 글은 나의 세계를 끊임없이 채우고 확장시켜주었다. 그 덕분에 나의 여행 이야기가 조금 더 많은 이들에게 닿을 수 있었다. 여행 페이지, 뉴스 채널, 포털 메인 등 여러 매체에 실리며 많은 이들의 응원을 받았다. 한 대학생의 꿈을 응원한다며 먼저 인사해주시는 분들도, 맛있는 식사나 투어를 지원해주신 현지 교민

분들도 계셨다. 진심으로 응원해주는 사람들을 보며, 세상이 생각보다 훨씬 더 따뜻하다는 것도 배웠다. 그 따뜻함이, 나로 하여금 더 큰 꿈을 꾸게 했다.

혼자여서 배운 것들

홀로 떠난 첫 해외여행은 나를 참 많이 바꿔놓았다. 세상이 얼마나 넓고, 또 얼마나 다양한 사람들이 각자의 방식으로 함께 살아가는지를 경험한 동시에, 예기치 못한 순간들 속에서 나를 나답게 지켜내는 방법도 알게 되었다. '아, 나는 생각보다 어디서든 잘 자고 길도 잘 찾네. 어디서든 잘 적응하는 편인것 같아.' 별 것 아니라 여겼던 것들이 살아가는 데 있어 꽤 멋진 생존 스킬이 될 수 있다는 것도 깨달았다.

'돌아보는 것'의 의미도 가르쳐준 시간이었다. 누군가와 함께였다면 망설였을 수많은 일들을, 혼자였기에 더 깊이 그리고 더 섬세하게 마주할 수 있었다.

그렇게 내 안의 용기와 마주하는 시간이자, 인생의 구조를 설계하는 방식을 다시 가르쳐준 여행이었다. 현실과 일부 타협하는 순간이 있더라도, 삶은 언제든 새로운 방식으로 다시 설계할 수 있다는 것. 돈이 없다고 도전이 불가능한 것은 아니라는걸. (내가 가진 자원 — 예를 들면, 기술, 콘텐츠, 네트워크 — 를 활용하면 길은 열렸다.)

가능성이 탄생할 때

불완전한 시도라도 실행하는 순간, 그 자체가 '다음 도전'의 기회로 이어졌

다. 완벽하게 준비되지 않아도 괜찮았다. 실행은 그 자체로 레퍼런스가 되었고 그 경험은 다음 도전을 위한 발판이 되어주었다. 그때부터였나. 나는 그 여행 이후 '가능성'이라는 단어를 조금 더 믿게 되었다. 그리고 점점 더 커진 설렘과 호기심은 나를 새로운 공간으로 이끌었다.

　한국으로 돌아오는 비행기 창 너머로 펼쳐진 하늘은, 처음 떠날 때 보았던 하늘보다 훨씬 더 커보였다. 그때 알았다. 나는 이 넓은 하늘을 앞으로 수없이 떠나고 또 수없이 돌아오며, 새로운 세상을 배워 나갈 거라는 걸.

03 기록이라는 다리

나는 내가 마주한 가능성을 그냥 흘려보내고 싶지 않았다. 붙잡지 않으면 금세 사라져버릴 감정과 생각, 스쳐 가는 순간의 기억들을 오래 붙들어 두고 싶어 글을 쓰기 시작했다.

그게 2004년이었다. 그 때부터 내 삶의 모든 실험과 감정의 기록을 블로그에 쌓아왔다. 처음엔 그저 조금 더 솔직해지고 싶어서 가볍게 시작한 일이었다. 하지만 시간이 지나면서, 블로그는 나를 조금 더 단단한 사람으로, 그리고 더 넓은 세계로 이끌어주었다. 내가 누구인지, 무엇을 사랑하고 무엇을 꿈꾸는지 그렇게 쌓인 기록들을 통해 더 깊이 알아갈 수 있었다.

나는 매일 밤 숙소로 돌아와, 그날의 이야기들을 블로그에 정성껏 써내려갔다. 화면 너머 친구들과 하루를 나누고, 그들로부터 응원과 위로를 받으며 내 안의 외로움을 다독였다.

내 기록은 단순한 여행기가 아니었다. 세계 속에서 나를 발견해가는 기록이었고, 누군가에게는, '나도 한번 해보고 싶다'는 용기를 전하고 싶었던 조용한 외침이었다.

블로그는 그렇게 세상과 나를 연결해주는 다리가 되어주었다. 나의 관심사, 가치관, 삶의 태도를 드러내는 가장 진실한 포트폴리오이자 안전한 공간이었다. 덕분에 면접에서 기억되거나, 프로젝트 제안이나 강연 요청으로 이어지는 기회들도 생겨났다. 기록이 내 삶의 확장을 가능하게 한 셈이었다.

경험주의자이자 기록주의자

그런 나는 스스로를 경험주의자이자 기록주의자라고 소개한다.

새로운 세계를 향해 나아가고, 그 안에서 부딪히며, 그 경험을 흘려보내지 않고 끝까지 붙잡아 기록하는 사람.

앞으로도 나는 내 속도와 방식으로 기록을 이어갈 것이다. 그 기록은 고해상도 사진이나 잘 다듬어진 문장들로 채워져 있진 않다. 평범한 하루 속에서 무심히 찍은 사진 한 장, 그날의 감정을 적어둔 몇 줄의 문장, 그저 순간을 붙잡고 싶어 남긴 짧은 메모가 전부인 날도 많았다.

그런데 그 자체로 의미가 있다. 짧은 일기도 시간이 지나면 힘을 가진다. 힘을 들이지 않은 작은 기록들도 꾸준히 쌓여나가다보면, 어느새 그건 내 삶을 받치는 근육이 되어 주었다.

그래서 나는 나를 'lean하게 살되 꾸준히 움직이는 사람'이라 부른다. 이건 단순히 삶의 태도가 아니라, 내가 글을 쓰는 철학이기도 하다.

그렇게 쌓인 수천 개의 기록을 이따금씩 꺼내 읽는다. 여행 중에 혼자 두근거리며 써내려간 문장, 좌절 속에서 건져 올린 마음들, 그리고 그 글을 보고 공감해 준 지구 어딘가에 있을 이웃들의 댓글들. 그렇게 기록을 통해 나는 세상 속에서 나를 찾아갔다.

04 기록이 멈추지 않은 이유

글을 쓰는 건 단순한 습관이 아니라 삶을 회복하는 힘이었다. 거창할 필요도 없었다.

　그저 머릿속을 휙 스쳐지나가는 한문
장이라도 과감하고 솔직하게 날것의 생
각을 끄적이는 순간, 나는 비로소 내 삶을
주체적으로 붙잡고 있다는 감각을 되찾
았다.

　멈춰있는 것 같은 마음에서 찾아오는
불안, 그리하여 존재가 공허해지는 듯한
두려움이 이따금씩 다시 나를 덮쳤지만,
멈춤을 두려움이 아닌 숨고르기로 받아
들일 때, 비로소 치유 받고, 나를 더 잘 알
아가는 시간으로 바뀌었다. 그리고 나라
는 존재가 비로소 다시 자기 자신을 재구
성할 수 있다는 가능성을 느낄 수 있었다.

　그렇게 흔들림 속에서 살아내기 위하
여 내가 느끼는 것들을 다시 기록했다. 불
안과 무력감조차 언어로 정리되어 내 일
부가 된다는 사실을. 그렇게 글을 쓰는 시
간만큼은, 내가 진짜 나로 존재하는 순간
이었다. 무의식 속에 가라앉아 있던 생각
들이 문장으로 재구성되며, 그 속에서 나

는 나 자신을 다시 발견했다.

그렇게 글을 쓸 때면 진짜 내가 되었다. 단순한 기록을 넘어 주체성을 다시 되찾는 선언이었고, 동시에 새로운 가능성의 시작이기도 했다. 그렇게 흔들림 속에서도 다시 일어서는 또 하나의 시작이었다.

내가 나를 인지하기 시작하자, 이전에는 보이지 않던 기회들이 다시 시야에 들어왔다. 상황이 바뀜에 따라 나의 인식도 바뀌게 되었다. 인식이 바뀌니 결국 상황을 바라보는 눈도 달라졌다. 그렇게 나는 다시 움직일 수 있었다.

기록을 멈추지 않았기 때문에 도전할 수 있다.

2018년 나는 이렇게 썼다. 기록을 멈추지 않을 수 있는 비결은 끊임없이 나를 들여다보고 그 안에서 다시 용기를 끄집어낸 것이었다고.

어느 날은 멍하니 앉아 그 용기가 어디서 비롯되었는지 고민한 적도 있었다. 그건 바로 기록이었다.

기록은 언제나 나의 안전망이었다. 그 기록이 가장 증폭되었던 시기는 내가 두번째로 미국 땅을 밟았던 2018년 1월 어느 겨울이었다. 단순 여행이 아닌, 처음으로 미국에서의 삶을 살아보던 때, 그 시기 나는 6개월간 워싱턴 DC에서 지냈다.

인턴십을 계기로 교환학생 이후 세 번째 해외 생활이 시작된 것이다.

그 시기 나는 매일 새로운 하루들을 겨우겨우 살아내기 위해 글을 붙들었다. 낯선 환경, 서툰 언어, 정해지지 않은 미래 앞에서 내가 유일하게 통제할 수 있었던 것은 단 하나, '오늘 내가 무엇을 보았는지, 무엇을 느꼈는지, 어떤 생각을 했는지'를 분홍색 다이어리와 블로그에 적어내는 일이었다. 나는 그렇게 미국에서 매일의 기록을 시작했다.

퇴근 후 해질 녘 눅진한 노을을 바라보며 창가 끝에 앉아 글을 남기는 시간이 유일한 낙이었다. 허겁지겁 먹은 저녁 식사와 시원한 콜라 한 캔을 곁에 두어, 하루를 곱씹고는 기쁘든 슬프든, 외롭든 그날 가장 기억에 남는 순간들을 몇 문장으로 써내려갔다. 그 시간이 내 하루 중 가장 나다운 시간이었다.

겉으로 보이는 나는 언제나 길이 보이면 주저 없이 달려가는 사람이었다. 스스로 선택하며, 주도적으로 내 삶을 이끄는 사람. 그러나 무의식 깊은 곳에는 다른 내가 있었다. 상처받기 쉬운 아이, 기대에 부응하고 싶어 안간힘을 쓰던 어린 소녀, 멈추면 가치가 없어질까봐 두려워 쉼 없이 달리던 사람. 내 성취의 불꽃은 사실 그 상처와 회피의 그늘 아래에서 피어난 꽃이기도 했다.

그러니 일기는 단순한 일상의 기록장을 넘어섰다. 그것은 곧 내 삶의 증거이자 나 자신을 지켜주는 울타리가 되었다. 때로는 14시간의 시차를 두고, 타지에 있는 부모님께 매일 내 하루를 전하는 통로가 되기도 했다. "아빠, 엄마, 딸 이렇게 잘 지내고 있어요."

블로그 속 그날의 일기 링크는 그런 메시지를 담아 가족 단톡방에 공유하는 작은 편지이기도 했다.

01 함께하는 순간을 기록하기

나의 기록의 형태가 '나'에서 '우리'로 바뀌게 만드는 사람이 내 삶에 나타났다. 남편이었다. 남편은 가장 큰 조력자이자 내 삶의 따뜻한 동행자였다. 내가 원하는 방향으로 흔들림 없이 나아갈 수 있도록 언제나 등 뒤에서 조용히 밀어주는 사람.

여행도 그랬다. 주로 혼자 떠났던 여행은, 그를 만난 후 비로소 둘의 여행으로 바뀌어갔다. 함께 마주하는 풍경이 생기자, 기록하고 싶은 마음은 더 간절해졌다. 그렇게 더 생생하게 우리가 마주한 공간들을 기록하기 시작했다.

크로아티아에서 시작된 우리의 여행은 단순히 함께 떠난 여정 그 이상의 의미였다. 처음으로 함께 하는 시간을 기록으로 남긴 첫 여행이기도 했다. 둘이 된 여행은 내가 기억하는 모든 순간의 장면을 생생하게 불러내어, 함께 나누고 싶게 만들었다. 그래서 스쳐 가는 아주 작은 기억까지도 메모장에 꾹꾹 눌러 담았다. 저녁빛이 골목을 비울 무렵 터져 나오던 우리의 웃음, 온 골목을 누비며 나눈 우리의 대화, 그리고 그 때 우리의 발걸음 속도까지. 그렇게 우리는 새로운 나라와 도시들 속에서, 삶의 감도를 '나'에서 '우리'로 조금씩 다시 맞춰갔다.

우리가 함께한 여행은 마치 앞으로 함께 나아갈 삶의 예행 연습 같았다. 어떤 날은 아무 계획 없이 새로움을 만끽하였고 또 어떤 날은 아주 빡빡한 일정에 지친 날도 있었지만. 그 과정에서 우리는 서로를 더 깊이 이해하고 사랑할 수 있었다. 돌아보니, 하나하나 맞춰갔던 그 모든 과정이 우리를 더 단단하게 만들어주었던 것 같다. 그 시간들이 모여 지금 우리가 함께 만들어가는 삶의 밑그림이 되어주었다고 믿어 의심치 않는다.

그렇게 2019년, 우리는 세 나라를 함께 여행했다. 누군가는 함께 떠나는 여행이 그 사람과 잘 맞는지 알아보는 가장 빠른 방법이라고 하던데, 그와 함께한 첫 여행이 꼭 그랬다. 우리를 더 단단하게 만들어준 2019년 가을, 함께 떠난

여행의 페이지로 잠시 돌아가보려 한다

우리의 시선과 속도로

우리가 연애한지 100일을 기념하며 첫 여행지로 선택한 곳은, 교환학생 시절 가장 가고 싶었지만 끝내 닿지 못했던 나라, 크로아티아였다.

내가 처음 그 제안을 꺼냈던 날, 그는 잠시 생각하더니, 기쁘게 고개를 끄덕였다. 조금은 지쳐있던 우리의 일상에 쉼표를 찍고 싶기도 했고, 무엇보다 일상에서 달아나, 새로운 공간에서의 여유도 간절했다. 물론 오랫동안 꿈꿔왔던 그곳을 그와 함께한다는 것만으로도 설렘이 가득했다.

자그레브에서 시작해 플리트비체, 자다르, 프리모슈텐, 스플리트, 흐바르, 마카르스카, 두브로브니크, 그리고 챠브타트까지 이어지는 크로아티아 자동차 여행이 시작되었다.

도시마다 머무는 공기와 바람의 결이 모두 달랐다. 플리트비체의 에메랄드 빛 호수 위에선 아무 말 없이 흔들리는 물결을 바라보았고, 흐바르에서는 저녁 노을을 멍하니 바라보며 나란히 누워 있던 날도 있었다. 또 어떤 날은 드라이브 중 창문 너머로 쏟아지는 햇살이 좋아 함께 노래를 흥얼거렸다. 두 사람이 함께 여행한다는 것은, 이렇게 서로의 시선과 속도를 천천히 맞춰가는 일이었다. 서두르지 않았고, 욕심내지 않았고, 그저 주어진 속도로 묵묵히.

여행의 끝자락에서

여행의 마지막을 향해가며, 보스니아 헤르체고비나의 국경을 지나고 나니, 왼편으로 아드리아 해안이 길게 펼쳐졌다. 햇빛에 반사되어 일렁이는 물결, 그리고 그 바다를 생각하면 옆에서 조용히 미소 짓던 나의 남편이 생각난다. 그도 그랬다. 그 순간이 크로아티아 여행 중 가장 기억에 남는 순간이라고.

02 집의 맛

두브로브니크에 도착하자마자 에어비앤비에 짐을 풀고, 자동차를 반납했다. 긴 이동 끝에 허기지고 몸도 축 나 있었다. 우리는 택시를 타고 시내 중심가로 향했다. 하루 종일 제대로 된 식사를 하지 못했던 탓에 도착하자마자 가장 먼저 떠오른 건 바로 한식이었다. (나는 자타공인 쌀밥 Lover다.) 여행지에서 현지 음식을 먹는 것도 물론 좋지만 하루 한 끼는 '쌀밥과 매운맛'이 혈관에 들어와야 정신이 드는 사람이다. 남편은 내가 그동안 여러 나라를 다니며 세계를 여행했다는 이유로 당연히 현지 음식 체험을 더 좋아할 것이라 생각했단다. 그래서 자신 있게 크로아티아에서 유명한 현지 레스토랑들을 예약해두었는데… 정작 내가 가장 먹고 싶은 음식이 얼큰한 국물이라니, 우리의 첫 여행에서 꽤나 큰 충격을 받은 눈치였다.

우리는 헐레벌떡 어느 한식당으로 향했다. 오후 5시 40분. 아쉽게도 일요일에는 5시에 문을 닫는다고 했다. 슬퍼졌다. 이건 단순한 허기가 아니라 그리움에 가까운 배고픔이었다. 유난히도 '집의 맛'이 그리웠던 거다. 지금 와서 생각해보니, 집요하게 쌀밥을 찾아 헤맨건 그리움이었다.

그리움이란 무엇일까? 누가 가르쳐주지 않아도, 마음에서 절로 일어나는 이것은 감정일까, 아니면 감각일까.

낯선 도시를 여행하며 하루 하루를 보내다 보면, 여러 다름을 마주하게 된다. 사람들도 풍경도 언어도 모두 제각각이었다. 그 낯선 것들 사이에 최소 한 가지쯤은 익숙한 것이 간절해질 때가 있다. 그게 주로 내게는 밥이었다. 따끈한 밥한 숟가락과 매운 맛이 입안에 들어오면 나는 비로소 낯선 도시 한가운데에서도 나를 다시 찾을 수 있었다. 그러고 나면 신기하게도, 나는 비로소 더 멀리, 더낯선 곳으로 걸어갈 용기를 얻었다. 그렇게 나는 익숙함을 통해 낯섦을 배우고, 낯섦 속에서 다시 나를 성장시켰다.

기억으로 남은 한 끼

인터넷에서 검색하다, 근처 한인 민박에서 김치볶음밥을 먹을 수 있다는 이야기를 들었다. 우리는 헐레벌떡 뛰다시피 그곳으로 향했다. 하지만 이게 웬걸. 설레는 마음으로 문을 두드렸지만, 돌아온 소식은 라이센스 문제로 더 이상 한식을 제공하지 않는다는 것이었다. 급 실망했지만, 내 표정을 보니 많이 안쓰러웠는지 한인 민박 사장님께서 남아 있던 볶음 김치와 신라면을 주셨다.

아, 이제야 살것 같았다. 여행 내내 그리도 맛있는 현지 음식들을 먹었건만, 이 신라면이 뭐라고. 기억에 남는 건 이 맛 뿐이었다.

올드타운에 위치한 한 마트에서 간단한 주전부리를 사고선 곧바로 숙소로 돌아왔다. 구름 사이로 잔잔히 내려오는 두브로브니크의 해를 뒤로 한채, 그 날 밤이 지났다.

마지막 도시에서의 첫 끼니는 직접 구운 김치 삼겹살이었다. 내가 늦은 아침까지 잠든 사이, 남편이 어렵게 김치를 구해왔다고 했다. 작은 팬에 지글지글 고기를 굽고, 함께 쌈을 싸 먹었다. 두브로니크에서 김치 삼겹살이라뇨. 너무도 소중한 한 끼였다. 그날의 아침 햇살과 고소한 삼겹살의 조합은 아마 오래도록 내 기억 속에 남을 것이다.

마음이 머문 도시는 따로 있었지

오후 늦게 우리는 두브로브니크 시내를 둘러보기 위해 숙소를 나섰다. 크로아티아에서 가장 유명한 관광지인 만큼, 올드타운엔 사람들이 정말 많았다. 그런데 왜 일까. 나에게는 그 도시가 수많은 인파에 가려, 도시의 고유한 숨결은 묻힌 듯 느껴졌다. 그래서 지금도 나의 기억 속 두브로브니크는 크로아티아에서 만난 도시 중 가장 '평범한 도시'로 남아있다. 내가 한 눈에 반해 사랑하게 된 도시들은 되려 아기자기하고, 조용한, 그리고 바다와 가까웠던 곳들이었다.

그래도 유명하다는 성곽 투어는 해봐야지 싶어 걸음을 옮겨, 오래된 성벽 위를 걸었다. 눈앞에 펼쳐지는 아드리아해는 여전히 아름다웠지만, 시선은 다른 곳을 향하고 있었다. 저 멀리 보이는 작은 동네, 차브타트(Cavtat).

곧바로 버스를 타고, 차브타트(Cavtat)로 향했다. 두브로브니크에서 약 30분 거리에 있는 이 작은 마을은 크로아티아에서 마주한 다른 해변 도시들처럼 잔잔한 해변이 반짝이는 동네였다. 그 곳에 도착한 우리는 하얀 비치 의자에 나란히 누워 이어폰을 나눠 끼고 음악을 들었다. 여섯 살 때 웅변학원 장기자랑 날, 엄마 아빠 앞에서 춤을 췄던 <이브의 경고>나 싸이와 이재훈의 <낙원> 같은, 어린 시절의 추억이 스며 있는 노래들을. 그 때부터, 어디선가 이 노래들이 들릴 때면, 나는 언제나 차브타트의 햇살이 떠오르곤 한다.

특별한 액티비티가 없어도, 좋아하는 사람과 같은 음악을 들으며, 같은 도시의 추억을 공유한다는 건, 언제나 낭만적인 일이었다. 그 자체만으로 바다는 충분히 로맨틱한 장소가 되었다. 머릿속을 가득 채우던 생각과 고민들이 파도 소리에 씻겨 나가며 이내 흩어졌다. 우리는 한동안 말없이 바다를 바라봤다.

잠시 후 벤치에서 일어나, 마을 안쪽으로 산책을 나섰다. 다정하게 줄지어 서 있는 아기자기한 집들 사이로 골목을 걷다보니, 어느새 해가 조금씩 기울고 있었다. 우리는 다시 정류장으로 향해 두브로브니크로 돌아가는 버스를 기다렸다. 그곳에는 수많은 여행자들의 발자국과 떠남의 순간이 켜켜이 쌓여 있는 듯했다. 우리도 이 마을의 기억 어딘가에 작은 흔적 하나로 남겠지. 또 다른 누군가가 이 자리에서 해가 기우는 하늘을 바라보며, 자신만의 이야기를 이어갈테다. 갑자기 그런 생각을 하니 가슴이 뭉클해졌다. 여행은 참 신기하다. 별 것도 아닌 장면조차 마음을 쿡 찔러, 특별하게 만드는 것을 보면.

달이 떴다고 전화를 주시다니요

우리는 두브로브니크의 아름다운 식당에서 마지막 저녁을 함께 했다. 사랑하는 이와 저녁을 먹으며, 하늘에 떠있는 달을 보니 한 시가 생각났다. 바로 김용택 시인의 달이 떴다고 전화를 주시다니요, 라는 시였다.

- 달이 떴다고 전화를 주시다니요

달이 떴다고 전화를 주시다니요 이 밤 너무 신나고 근사해요 내 마음에도 생전 처음 보는 환한 달이 떠오르고 산 아래 작은 마을이 그려집니다 간절한 이 그리움들을, 사무쳐 오는 이 연정들을 달빛에 실어 당신께 보냅니다. 세상에 강변에 달빛이 곱다고 전화를 다 주시다니요 흐르는 물 어디쯤 눈부시게 부서지는 소리 문득 들려옵니다.

우리가 이곳에서 함께 한 여정을 다시 돌아보니, 영화의 마지막 장면같아 아릿해졌다. 모든 순간들이 필름처럼 재생되는 것 같았다. 창문 너머 보이는 두브

로브니크의 바다는 고요했지만, 그 안에서는 수많은 이야기가 잔잔히 흘러가고 있었다.

함께 완성한 여행

숙소로 돌아와 옆에서 곤히 잠든 그를 바라보다, 베개 옆에 놓인 수첩을 집어들었다. 손글씨로 빽빽히 적어둔 하루의 기록들과 군데군데 흩뿌려놓았던 감정의 조각들을 꺼내 하나의 글로 꿰어본다.

단순한 여행지를 넘어, '함께 걷는다는 것'의 진짜 의미를 알려준 나라. 누구라도 사랑에 빠질 수 있을 만큼 낭만 지수가 급상승하는 나라. 숙소마다 걸려있

던 그림들, 매 끼니 후 커피를 마시며 앉아 있던 작은 테이블마저도, 모두 다 그리울거다. 모래사장에서 아빠와 비치발리볼을 하며 뛰노는 꼬마의 웃음소리, 바다가 알려준 여유, 모래 위에 수건을 깔고 물장구치는 남편을 하염없이 바라보던 나도. 찰나의 감정과 공기까지 크로아티아에서의 모든 순간이 '우리가 만난 해변'이라는 이름으로 선명하게 남아 있었다. 자유롭고 따뜻했고, 조용하지만 벅찼던 순간들. 그래서 이따금씩 꺼내 보고 싶을 만큼, 아주 선명하게 남겨두고 싶었나보다.

혼자 하는 여행에 익숙했던 나는, 크로아티아를 기점으로 '함께하는 여행'을 시작했다. 이제 여행은 우리의 이야기가 되어갔다.

01 삶이라는 실험

2019년 일기를 오랜만에 다시 꺼내 읽었다. '디지털 노마드'라는 단어조차 낯설던 그 시절, 일기장 한 켠에는 이런 질문들이 적혀있었다.

"나는 어떤 사람일까. 어떤 일을 할 때 가장 즐겁고 잘할 수 있을까. 또 어떤 환경에서 일할 때 가장 나다워질 수 있을까." 그 질문들과 함께 쓰여 있던 단어, 디지털 노마드.

단순히 일을 덜 하고 싶다거나 회사를 일찍 그만두고 싶다는 뜻은 아니었다. 오히려 '가장 나다운 방식'으로 시간을 설계하고, 공간에 얽매이지 않는 삶을 뜻했다. 아무것도 확신할 수 없던 시기였지만, 이미 오래전부터 나는 '내가 어떤 일을 해야 원하는 삶에 가까워질 수 있을지, 그리고 그 삶이 어떤 모습일지'에 대해서 스스로에게 묻고 또 묻고 있었다.

그 때 부터 내 삶은 하나의 실험이 되었다. 일과 여행이 분리되지 않는 삶, 사람과 공간이 유기적으로 연결된 삶, 그리고 성장과 쉼이 공존하는 삶. 그렇게 내가 원하는 삶의 형태에 가까워지기 위한 실험이 시작되었다. 짧은 기간이었지만, 여러 나라와 도시에서 디지털 노마드로 살아보며, 나는 조금씩 확신하게 되었다.

"아 나는 경험주의자구나. 이전에 경험해보지 못한 새로운 공간과 시간 속에서, 몸으로 부딪히며 성장하고, 그 여정을 기록하며 살아갈 때 가장 행복을 느끼는 구나."

그리고 깨달았다. 나에게는 무엇을 경험하느냐 만큼, 그 시간을 누구와 함께 보내는지가 삶에 아주 큰 영향을 준다는 것을. 막연했던 꿈도 조금씩 구체적인 형태를 띠기 시작했다. 단순히 쉬거나 관광을 하는게 아닌, 진짜 우리의 일상과 루틴을 그대로 옮겨 낯선 도시에서 살아보는 연습.

오랫동안 여행기를 기록해온 덕분에, 글로벌 파트너들과 협업할 기회도 생겼다. 그 덕분에 우리는 여행 비용을 최소화하며, '일하며 살아보는 여행'을 보다 현실적인 방식으로 시작할 수 있었다. 우리가 원하는 삶의 방식이 무엇인지,

그리고 그 방식이 우리에게 실제로 잘 맞는지 등, 직접 경험하며 느낄 수 있었다.

보라카이 해변에서는 아침 일찍 카이트서핑을 배웠고 오후에는 노트북을 열었다. 말레이시아에서는 공유 오피스의 작은 회의실을 빌려 오후 내내 미팅을 소화하며 각자 업무에 집중하는 시간을 가졌고, 밤이 되면 둘만의 회고로 하루를 마무리했다. 그러다 주말에는 근교 도시로, 짧게 여행을 다녀오기도 했다.

"아, 우리는 우리의 시간과 공간을 보다 유연하게 활용할 수 있을 때 더 몰입해서 집중할 수 있구나."

낯선 곳에서 일을 하고, 또 그곳에서 일상을 살아내는 경험은 영감의 연속이었다. 일과 삶이 억지로 구분될 필요가 없었다. 그 가능성을 몸으로 배웠던 날들이었다.

2019년, 내 일기장엔 이런 문장이 적혀 있었다.

"일이 나를 구속하지 않기를 바란다. 대신, 내가 하는 일이 나를 더 자유롭게 만들어주기를 바란다."

그때는 막연한 소망이었다. 그리는 삶의 형태는 있었지만, 그게 현실이 될 수 있을지는 가늠조차 할 수 없었다. 하지만 시간이 흐를수록, 우리는 그 소망을 또 다른 삶의 방식으로 실험하며 확인했다. 그곳이 어디든, 서로에게 가장 적합한 공간을 찾아 몰입할 수 있는 하루. 생산성과 자율성, 몰입이 공존하는 하루를 스스로 설계하는 삶에 대해서.

평생 일을 하고 싶다. 일은 내가 살아있다는 감각을 가장 선명하게 만들어주는 시간이니까. 보람도, 자신감도, 다시 일어설 힘도 그리고 성장도 모두 일에서 왔다. 그러니 나는 '일을 통해 내가 원하는 삶을 만들어가는 사람'이 되고 싶다.

그렇게 원하는 환경에서 좋아하는 일을 하며 세상을 누비는 연습을 이어가고 있다. (그리고 그 연습이 이어질 수 있었던 이유에는, 언제나 서로의 존재가 있었다는 것도 이제는 안다.)

02 자연 앞에서 작아졌던 날

이런 여행의 형태를 온전히 경험했던 때는 바로 남미를 여행할 때였다. 우리가 살고 싶은 삶의 방향과 가치관을 다시 정립해준 여행이기도 했다. 남미 여행의 첫 목적지는 칠레 파타고니아의 토레스 델 파이네 국립공원이었다. '죽기 전에 꼭 가봐야 하는 곳'이라는 이 곳이 왜 그토록 많은 여행자들 사이에서 수없이 회자되는지, 직접 눈으로, 몸으로 경험하고 싶었다.

페리를 타고 도착한 파이네 그란데를 시작으로 3박 4일간의 W 트레킹이 시작되었다. 빙하와 호수를 따라 걷는 그 길 위에서, 우리는 하루 평균 38,000보를 걸었다. 비록 몸은 고단했지만, 두 눈으로 압도적인 자연을 마주할 때마다 마음은 오히려 맑아지고 단단해졌다. 바람도 우리가 걷는 방향으로 등을 밀어주는 것 같았다. 마치 우리 편이 되어주는 것처럼.

산을 오르며 우리는 시시콜콜한 이야기부터 미래에 대한 이야기까지 쉼 없이 나누었다. 매일 길 위에서 나 스스로와 연결되기도 했다. 그 순간만큼은 내가 얼마나 작은 존재인지, 그리고 그 작음이 생각보다 얼마나 감사하고 편안한 감각인지도 깨닫게 되었다.

아르헨티나 엘칼라파테에서는 세계 3대 빙하 중 하나로 손꼽히는 '페리토 모레노 빙하'를 걸었다. 무려 폭 5km, 높이 60m에 이르는 빙하였다. 그 위를 아이젠을 신고 한 걸음 한 걸음 옮길 때 마다, 거대한 자연 앞에서 나는 한없이 작아졌다. 켜켜이 쌓인 얼음이 만들어내는 푸른빛이 살아 움직이는 것 같았다.

"400년 동안 압축된 빙하 조각과 같이 위스키 한 잔 마셔보시겠어요?"

가이드는 얼음 한 조각을 위스키 잔에 넣어주었다. 수백 년의 시간을 머금은 얼음이 내 입 안에서 천천히 녹기 시작했다. 그날의 위스키는 유난히도 달콤했다. 입안 가득 녹아내리는 시원한 얼음 조각 하나에, 내 머릿속을 무겁게 짓눌렀던 걱정들이 얼마나 작고 무의미한 것들이었는지 다시 한 번 선명해졌다.

자연과 인간이 이렇게 가까이 존재할 수 있구나. 자연을 마주하는 여행이란 결국 '세상 앞에서 한없이 작아지는 경험은 아닐지.' 그 여운이 채 가시기도 전에, 한 빙하동굴을 마주했다. 일주일 전에 우연히 생긴 동굴이라 했다.

"이 동굴은 어쩌면 오늘이 마지막일 거예요. 내일이면 녹아 사라질지도 몰라요"

알 수 없는 전율이 온 몸을 휘감았다. 준비되지 않은 찰나에 마주친 기회일수록 오히려 더 깊은 울림을 주는 법.

인생도 꼭 그랬다. 계획에 없던 우연이 더 짜릿하게 느껴지고 때로는 우리를 더 멀리 데려다주는 것처럼. 그날 나는 자연 앞에서 다시 한 번 작아졌지만 뭔가 모를 자유에 짜릿한 전율을 느꼈다.

산행을 마치고, 우리는 부에노스아이레스로 향했다. 자연이 나를 가라앉혔다면, 도시는 다시 나를 움직이게 했다. 가장 기억에 남는 건 탱고 공연이었다. 탱고 춤 한 동작 한 동작 속에 인생의 희로애락이 보였다. 사랑과 이별, 분노와

용서, 그리고 열정과 체념까지 춤 하나에
모두 고스란히 녹아 있는 듯 했다. 그 짙은
감정의 선율과 함께, 무대를 장악하는 무
용수들을 보니, 삶의 무게조차도 예술로
승화시키는 힘이 있다는 걸 느꼈다.

내려놓은 속도

다음 날, 당일치기로 들렀던 우루과이
의 작은 항구 마을, 콜로니아에서는 그와
정반대의 감각을 마주했다. 콜로세움을 닮
은 어느 고요한 투우장. 바닷바람에 실려
온 꽃내음이 은은하게 흐르던 어느 골목.
우연히 들렀던 어느 조용한 미술관과 작은
카페까지. 모든 것이 느리고 평화롭게 흘
러갔다. 목적 없이 걷다가 마음에 드는 곳
이 보이면 멈춰 서선 잠깐 쉬다 다시 걸어
나갔다. 나아가는 시간 속에서 이렇게 비
로소 여유인가 싶었다.

정해진 계획도, 누군가의 기대도 없이
흐르는 하루 속에서 오히려 더 우리다운
선택을 할 수 있었다. 그것이야말로 내가

오래도록 찾아 헤매던 삶의 가치였다. 남의 속도를 따라가는 조급함 대신, 나의 리듬으로 하루를 채우는 삶. 콜로니아는 그 단순한 사실을 가르쳐준 고마운 곳이었다.

03 우리의 약속

그 여정 속에 지금의 우리를 만든 가장 특별한 순간도 있었다. 엘칼라파테에서의 어느 저녁, 그가 내게 프로포즈를 했다. 파타고니아 등산의 마지막 날, 하산 후 얼어붙은 몸을 녹이며 한 현지 식당에 들어섰다. 남미에서 가장 아름다운 석양과 호수가 내려다보이는 곳이었다. 들어온지 20분 정도 지났을까. 레스토랑 분위기가 뭔가 모르게 달라졌다. 이상하리만큼 정적이 흐르고, 모두의 시선이 우리를 향했다.

갑자기 그가 내 손을 잡고는 자리에서 천천히 일어섰다. 그리고는 수줍은 눈빛으로 내게 말했다.

"Will you marry me?"

나중에 알게 된 사실인데, 그 한 마디를

위해 남편은 한국에서부터 오랜 준비를 해왔다고 했다. 그것도 우리의 여행을 채워준 고마운 사람들과 함께. 우리가 머물렀던 숙소의 호스트, 잠시 동행했던 네덜란드 친구들, 식당의 직원들까지. 그는 이 모든 고마운 이들에게 도움을 청하며 그 순간을 준비했다고 했다.

2022년 11월 14일 저녁, 그렇게 그는 소박하지만 한껏 수줍고 진심이 가득한 프로포즈를 내게 건넸다. 곧이어 샴페인과 케이크가 등장했고, 그의 오른손에는 서툴지만 직접 만든 꽃다발도 들려 있었다.

나는 천천히 고개를 끄덕였다.

"She said yes!"

식당 안의 모든 사람들이 우리의 이 뜻깊은 순간을 함께 해주었다. 세상의 모든 방향이 잠시 우리 둘을 향하고 있는 듯 했다. 비록 민낯에 등산복 차림이었지만 뭐 어때. 그 어떤 영화보다 아름다웠다. 그가 건넨 마음, 그날의 공기, 떨리던 손끝의 온기까지 모든 것이. 그저 소중하고 완벽했다.

그런데 사실 그 날 다른 반전이 숨어있었다. 나 역시 그에게 마음을 전하기 위해 남미 여행이 확정되자마자 프로포즈를 준비하고 있었던 것. 비록 내가 한발 늦었지만, 숙소로 돌아온 그날 밤, 나도 그에게 프로포즈를 건넸다.

준비한 영상 편지와 통장 일기를. 2019년 6월 10일, 우리가 처음 만난 날부터 매해 기념일마다 마음을 담아왔다. 그렇게 우리는, 같은 날, 같은 마음으로 서로에게 약속을 건넸다.

결혼은 급히 서두르지 않기로 했다. 우리가 꿈꾸는 형태의 삶의 모습에 조금 더 가까워졌을 때, 그때 정식으로 가족이 되기로 했다.

내가 살고 싶은 삶의 방향

우리에게 남미여행은 단순한 여행이 아니었다. 매일 38,000보를 걸으며 체력의 한계를 넘나들던 트레킹, 그 여정 속에서 마주한 파타고니아의 광활한 자연, 엘칼라파테의 장엄한 빙하, 부에노스아이레스의 생기와 콜로니아의 평화로움까지 - 남미 대륙의 여러 공간들을 넘나들며 나는 또 다시 스스로에게 질문을 던졌다.

'나는 어떤 일을 하고 싶은지, 무엇을 좋아하고 잘하는지, 어떤 삶의 방식이 나를 더 행복하게 하는지'

그래서 남미에서의 시간은 일종의 미니 은퇴 실험이자 노마드 삶에 대한 예행연습과도 같았다. 인터넷이 닿지 않는 곳에서 우리의 대화는 여러 주제를 오갔다.

"시장 변동에 영향을 덜 받는 투자 구조는 어떤 구조일까? 어떻게 해야 일을 많이 하지 않아도, 생산성을 높이고, 지속 가능한 구조로 시스템을 만들 수 있을까? 우리가 원하는 방향으로 삶을 설계하기 위한 로드맵은 어떻게 될까?"

오직 그 시간만큼은 우리 둘만의 대화에 집중하며, 진솔하게 미래를 그려볼 수 있었다. 그 시간을 잊지 않으려 메모장에 써내려간 우리 삶의 키워드들이 아직도 내 휴대폰 메모장 한켠에 남아있다.

이렇게 정리를 해보다보니, 내가 어떤 환경에서 일을 하거나 삶을 만들어 나갈 때 행복한 사람인지도 정의할 수 있었다. 나는 공간과 시간에 대한 주도권을 가지고, 소중한 사람들과 함께하는 시간을 스스로 선택할 수 있을 때 가장 생산성이 높고, 행복을 느끼는 사람이었다. '무엇을 하느냐'만큼이나 '어떻게 하느냐'가 중요한 사람이었던 거다.

이제야 알았다. 내가 바라는 '은퇴'는 일을 완전히 멈추는 것이 아니라 나의 시간과 에너지를 가장 나답게 쓰는 상황이라는 것을. 언제 어디서든, 내가 가진 가치를 세상과 연결할 수 있는 구조, 혹여 잠시 쉬더라도 나의 전문성을 어디서든 다시 이어갈 수 있는 기반, 그리고 소비와 투자의 균형을 지키며 지속할 수 있는 삶의 방식이 내게 필요하다는 것을.

최근에 그 시절의 일기를 다시 읽어보았다. 묘했다.

"그땐 이렇게 느꼈고, 지금은 이걸 더 확신하고 있구나."

마치 과거의 내가 지금의 내게 손을 흔들며, 그 방향이 맞다고 응원해주는 것 같았다. 그렇게 지금까지 걸어온 발자국들은 꿈꾸는 미래로 향하는 나침반이 되어주었다. 지금의 나를 버티게하고, 또 내가 원하는 미래를 멈추지 않고 계속 그려가도록 만드는 원동력과 같은.

그렇게 결론이 났다. 은퇴라는 것을, 하나의 시점으로 멀리 설정하는 대신, 주기적으로 원하는 도시를 여행하며 살아보는 삶을 배치해보자고. 나만의 시간과 공간을 설계하고, 보다 자유롭게 내가 삶과 일을 주도하는 모습으로.

"일과 삶에 대한 주도권이 '나'에게 있는 삶은 어떤 모습일까?"

그 질문에 대한 답을 찾기 위해, 지금도 우리는 주기적으로 다양한 도시를 떠돌고 머물며 살아보고 있다. 일과 삶의 경계를 유연하게 풀어내는 연습도 같이. 물론 9 to 6가 아닌 삶은 어쩌면, 24시간 내내 일하는 삶을 의미할 수도 있겠다. 그럼에도 내가 사랑하는 바다와 하늘 가까이에서 일을 할 수 있고, 또 필요할 때는 언제든 사유할 수 있는 여유가 있다면, 우리는 충분히 행복할 수 있는 사람이었다.

우리의 다음 여행지는 어디가 될까. 그곳에서 나는 또 어떤 나를 만나게 될까. 그렇게 나는 오늘도 삶을 기록하며 살아가는 중이다.

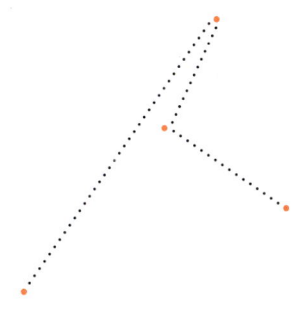

특별한 공간 2 - 여행의 기억

01 튀르키예 - 공존

다음날 우리는 이른 아침 비행기에 몸을 실었다. 창밖으로 천천히 멀어져 가는 아드리아 해를 보며, 이스탄불에서는 또 어떤 장면들이 우리와 함께 할지, 기대와 긴장이 모두 뒤섞여 있었다.

10월 8일 아침, 우리는 이스탄불에 도착했다. 커다란 모스크가 도시 곳곳에 우뚝 솟아 있는 걸 보니, 그제야 우리가 이스탄불에 있다는 것이 실감이 났다. 도시에서 처음 마주한 공기는 낯설었지만, 이내 동서양의 시간이 함께 만들어 낸 역사, 향신료 냄새가 한데 섞인 거리와 아잔 소리까지. 그 이질감은 곧 호기심이 되었다.

따뜻함으로 이 도시를 기억하는 법

우리가 가장 먼저 향한 곳은 역시나 한식당이었다. 크로아티아에서 끝내 만나지 못했던 집밥을 이번에는 놓치고 싶지 않았다. 따뜻한 김치찌개와 된장찌개를 마주하고 나서야 비로소 함박 웃음이 나왔다. 그는 식사 내내 튀르키예의 경제위기와 역사에 대해 내게 자세히 설명해주었다. 늘 그렇듯 나는 그로부터 다양한 세상을 배워 나간다.

식사를 마치고 파티흐 지역을 시작으로 4시간동안 도시를 누볐다. 구운 옥

수수 노점상들부터, 관광객들 앞에서 열심히 재치를 부리는 아이스크림 장수들까지, 멍하니 서서 바라보기만 해도 재밌는 구경이었다. 잠깐 스타벅스에 들러 튀르키에 시그니처 음료를 하나 주문했다. 음료를 받으려고 보니, 직원이 실수로 내 이름을 Kelly 대신 "Helly"로 적은 것. 이런 직원의 사소한 실수마저 미소가 지어지는 걸 보니, 내가 이 도시를 꽤 사랑하게 되려나 싶었다.

오후에는 탁심 광장에 도착했다. 이슬람 모스크 뒤로 물든 붉은 노을을 아직도 잊지 못한다. 그날 따라 유독 아름다웠다. 이스트클랄 거리는 서울의 명동을 닮아 있었다. 우리는 그곳에서 로컬 할랄푸드를 하나 사서는 수많은 인파 속에 다시 스며들었다. 우연히 들어간 작은 가게에서 커플 머플러도 하나 맞췄다.

저녁에는 양꼬치를 먹으러 갔다. 식당 천장을 올려다보니, 빼곡하게 붙어 있는 포스트잇들이 눈에 한가득 들어왔다. 각자의 언어로 적힌 짧은 메세지들. 나도 포스트잇을 하나 들고선 우리의 이야기를 남겼다.

"생일 축하해요. 당신과 함께여서 행복한 여행이었습니다."

이 한 문장 안에 이번 우리 여행의 모든 감정이 담겨있었다.

이스탄불의 둘째 날은 톱카피 궁전에서 시작되었다. 숙소 창밖으로 보이는 첫 풍경은, 아침 조깅을 즐기는 사람들과 그 머리 위로 날아다니는 갈매기들. 평화로운 하루의 시작이었다.

다정하고 촘촘한 하루

점심에는 해변이 내려다보이는 레스토랑에서 시간을 보냈다. 눈부신 햇살 아래, 바다를 등지고, 테이블마다 저 마다의 웃음소리가 흘렀다. 한 옆 테이블의 외국인 손님들이 서툰 영어로 음식 주문에 애를 먹고 있자 그는 자연스레 자리에서 몸을 기울여 주문을 도와주었다. 나의 그는 어디서든 배려가 몸에 밴 사람이었다.

오후에는 시원하게 불어오는 바람을 가로 지르며 페리를 탔다. 물 위를 미끄러지듯 나아가는 페리를 타고 도착한 궁전은 정말 숨이 멎을 듯 아름다웠다. 각 방에는 유럽식 장식과 튀르키예 고유의 미감이 절묘하게 공존해있었다. 공간 하나에 하나에 시대가 모두 펼쳐진 것 같았다.

Balat 거리에서는 알록달록한 벽화와 파스텔톤의 작은 샵들을 구경했다. Balat 거리가 요즘 이스탄불의 성수동 같다는 한국인 후기를 본적이 있었는데, 괜히 나온 말이 아닌 듯 싶었다.

저녁에는 갈라타 타워에 올라 어스름한 이스탄불의 야경을 바라보았다. 말로 형용할 수 없이 아름다웠다. 이대로 바로 숙소에 들어 가기에는 아쉬웠다. 그래서 작은 기념품 가게를 하나 들렀다. 상점 주인은 갈라타 타워 일러스트가 그려진 패브릭 조명을 하나 꺼내서는 우리에게 보여주었다. 그는 우리가 그 날의 마지막 손님일거라 했다. 반가운 마음이었는지, 그는 우리에게 말을 건넸다. 한 2시간이 흘렀을까. 우리는 그로부터 튀르키예의 경제 상황, 그리고 생계를 위해 가족과 떨어져 살아야 하는 그의 사연까지 여러 주제의 이야기를 들을 수 있었다. 이방인들에게 자신의 마음을 열어 들려준 한 사람의 이야기. 여행이 아니었다면 결코 만날 수 없는 장면일테다.

돌아보면 우리가 마주하는 새로운 공간에는 늘 새로운 사람들이 있었다. 그들의 어떤 삶의 조각은 우리에게 또 다른 기억이 되어 스치듯 남았다. 여행이 특별할 수 있는 이유는, 그 곳에서 만난 사람들을 통해 완성된다는 것을 다시 배웠다.

호텔로 돌아와 과일 가게에서 사온 포도와 귤을 나눠 먹으며 Daniel Rice의 노래를 들었다. 그 날 하루를 천천히 곱씹어보니 다정하고도 촘촘한 하루였다.

말랑말랑, 찐득찐득

10월 10일, 다음 여행지인 카파도키아 공항에 도착했다. 픽업 서비스에 혼선이 있어 꽤 시간을 버렸지만, 다행히 한 현지 스태프와 연락이 닿아 무사히 숙소에 도착할 수 있었다.

저녁엔 숙소 내 레스토랑에서 식사를 했다. 우리는 이 지역의 이름을 그대로 딴 스파클링 와인, 'KAPADOKYA'를 주문했다. 그 때쯤 테이블 아래로 고양이 한 마리가 살며시 다가와 몸을 부볐다. 우리를 서빙하던 직원 분이 그 모습을 보고는 환한 미소로 다가와 말을 걸었다.

"말랑말랑, 찐득찐득."

그가 아는 유일한 한국어라 했다. 카파도키아에서 들은 첫 한국어 단어가 말랑말랑, 찐득찐득이라니. 신기하면서도 새로웠다.

02 킬리만자로 - 함께 이룬 꿈

다음날 새벽, 우리는 카파도키아의 상징인 열기구가 하늘을 가득 메운 일출을 보기 위해 일찍 일어났다. 새벽 하늘은 아직 어둠을 잔뜩 품고 있었다. 언덕위에 나란히 앉아 떠오르는 열기구를 멍하니 바라봤다. 형형색색의 열기구들

이 한번에 하늘로 올라가서는 이내 시야에서 곧 사라졌다.

오후에는 그린투어에 다녀왔다. 데린쿠유 지하도시에서는 그 깊이와 규모에 압도당했고, 으흘라라 밸리에서는 물길 따라 걷는 트래킹을 즐겼다.

공중에 머물며

다음 날 새벽 6시, 드디어 우리도 열기구를 타는 날이었다. 두툼한 외투 여러겹은 물론, 단단히 머플러를 두르고 밖으로 나섰다. 차가운 공기를 가르며 열기구가 천천히 떠오르기 시작했다. 카파도키아 전역이 발 아래로 펼쳐졌다. 오랜세월 바람이 깎아낸 자연의 곡선들이 부드럽게 우리를 감싸 안았다. 땅 위에 있을 때는 보이지 않던 풍경들과 지형들이 보이기 시작했다. 피죤밸리의 드넓은

협곡, 기암괴석 위로 떠오르던 해. 말로 설명할 수 없는 감동이었다.

　마지막 일정은 ATV 투어였다. 그가 운전대를 잡았고 나는 그의 뒤에 올라탔
다. 거친 먼지를 일으키며 로즈밸리와 국립공원의 붉은 지형을 달리는 순간, 또
한번의 자유를 만끽했다. 우리의 터키 여정이 막을 내렸다. 하나 하나 짐을 정
리하다 동굴 발코니로 향했다. 창문 너머로 스며드는 바람 소리와 달을 가만히
바라보고 있자니 내 마음이 열기구 같았다. 새벽 공기를 둥둥 떠 다니다, 천천히
지상으로 내려오는 열기구. 이 곳이 많이 그리울거다.

　마지막 날 아침이 되었다. 이번 카파도키아 여행이 처음이자 마지막이 될지
도 모를거라 생각하니, 묵직한 아쉬움이 밀려왔다. 그래서 아침을 먹고선 제일
먼저 우리가 가장 좋아했던 전망대로 향했다.

카파도키아의 붉은 언덕, "말랑말랑"인사하며 반겨주던 직원의 미소 등, 이곳에서 마주한 추억들을 다시 되돌아보았다.

"어떤 것들이 가장 기억에 남아? 다음 여행지는 어디가 될까?"

그는 내가 어떤 풍경 앞에서 평소보다 두 배는 더 반짝이는 눈으로 즐거워하던 모습이 가장 기억에 남는다고 했다.

"우리가 정말 이 모든 걸 다 했다고?"

한국 행 비행기에 올라 여행 사진을 함께 넘겨보았다. 우리의 모습이 참 예뻤고 설명할 수 없을 만큼 소중했다. 그건 아마 우리가 함께했던 여행이기에 가능했겠지? 그니까 우리 다시 일상으로 돌아가더라도, 이 곳에서의 추억 잊지 말고 오래오래 떠올리며 주어진 일상을 즐겁게 살아가보자고.

아직 끝나지 않은 여행

여행은 늘 끝이 있다. 그럼에도 불구하고, 좋았던 기억들은 오랫동안 잔흔으로 남아 현실의 우리를 조금 더 다정하게 만들었다. 크로아티아의 햇살, 마카르스카의 잔잔한 파도, 튀르키예의 붉게 물든 탁심 광장과, 카파도키아의 열기구. 그 모든 장면이 마치 한 편의 영화처럼 지금도 머릿속에 선명하게 남아 우리를 살아가게 했다. 문득, 스플리트의 바다색이 떠오르고, 이스탄불 거리에서 만난 사람들의 얼굴이 아른거리며 카파도키아 새벽의 공기 냄새가 코끝을 간질이면 나는 안다— 비록 이번 여행은 끝났지만 곧 또 다른 여행이 시작될 거라는 걸. 말랑말랑했던 마음, 따뜻했던 손, 함께 바라보았던 수많은 하늘과 바다. 그렇게 그와 함께 더 많은 여행을 꿈꾸며, 또 다시 일상을 살아갈 용기를 얻었다.

　　우리의 여행은 '미래를 향한 리허설' 같았다. 언젠가 함께 살아갈 도시를 상상하고, 서로의 삶의 리듬을 맞추는 일. 매일 아침, 함께 눈을 뜨며 곁에 있는 이의 소중함도 같이 배워나갔다. 이 사람과 함께라면, 어떤 나라, 어떤 도시에서든 충분히 행복할 수 있을 것 같았다. 우리의 여행 기록은 그 확신을 더 오래 붙잡아주었다.

4부 [미지의 공간]
각자의 방식으로, 함께

나를

온전하게

드러내는 것

그 날 대화의 주제는 곧 '증명'으로 옮겨갔다.

"가끔은 내가 이 도시에 뿌리를 내리고 사는 사람이라기 보단, 눈에 보이는 것만 훑는 외부인 같이 느껴질 때가 있어요. 그럼에도 우리는 낯선 땅에서 다시 나를 증명해야 하는 사람들이에요. 더 단단해질 수밖에 없죠." 그 말이 오래도록 마음에 남았다.

이민자는 결국 1부터 다시 시작할 용기를 가진 사람이다. 앞으로도 계속하여 우리는 새로운 도시를 만나고, 수많은 사람들과 부딪히며 살아가겠지. 그렇게 나는 언제 또 다시 길을 잃거나 새로운 시행착오를 만날지 모르겠지만 — 이제는 안다. 그 불완전함 속에서도 삶은 계속 이어진다는 것을. 이 불완전함 마저 기회가 될 수 있는 건 우리가 이민자이기 때문은 아닐까. 치열하게 붙잡고 만들어낸 모든 과정이 나를 더 단단하게 만들어주었다.

01 나의 첫 미국 이야기

2017년 2월, 유럽에서 교환학생을 마치고 한국으로 돌아온 바로 다음 날, 나는 다시 낯선 여행자가 되어 샌프란시스코 공항에 섰다. 내 생애 첫 미국 여행이었다. 그것도 혼자서.

비행기에서 레드 아이로 밤을 지새워 눈은 퉁퉁 붓고 몸은 천근만근이었지만, 첫날부터 나는 샌프란시스코의 거리를 열심히 누비기 시작했다. 도시가 가진 특유의 자유로움이 참 좋았다. 언덕 위를 지나가는 트램의 경쾌한 소리, 거리마다 다른 색깔의 풍경까지 모두 다.

"언젠가 나, 이 도시에 살아가고 있을 것 같아."

마음 한켠을 스치던 그 생각이 마치 예언 같았다.

홀로 떠난 첫 미국 여행의 목적은 단 하나였다. 호주에서 마주한 대자연이 나를 바꾼 것처럼, 이번 미국에서도 그 광활한 자연을 온몸으로 다시 느끼고 싶었다. 때로는 익숙했던 세계에서 잠시 벗어나 모든 것이 새로워야만 하는 시기가 있다.

이번에도 그 변화가 절실했다. 그래서 결심했다. 여행의 방식도, 만나는 사람도, 하루를 채우는 시간의 쓰임도 완전히 바꿔보기로. 2시간 비행이면 금세 닿을 수 있는 도시들을 구태여 일주일동안 캠핑카로 가로지르며 천천히 만나보기로 했다. 그렇게 샌프란시스코에서 LA로 이어지는 나의 첫 로드트립이 시작되었다.

각국에서 온 또래 친구들 12명이 한 캠핑카에 모였다. 그 안에서도 막내였던 나는 친구들의 따뜻한 보살핌 속에서 미국을 그 어느 교과서보다 생생하게 경험할 수 있었다. 모두 다른 억양의 영어로 소통했지만 그 낯섦조차 내게는 신선한 설렘이었다.

요세미티 국립공원의 절벽을 오르며 마주한 공기, 밤 하늘에 수놓인 별빛 아래에서 잠들던 캠핑장의 냄새까지도, 모두 처음 느껴보는 것들이었다. 캠핑카

안에서 우리는 서로의 인생 노래를 공유하며 떼창을 부르기도 했다.

그렇게 일주일이 지났다. 함께한 친구들과 작별 인사를 나눈 뒤, 나는 또 다른 낯선 이들과 LA 조슈아 사막으로 향했다. 아무것도 없는 모래 언덕 위에 텐트를 치고 하늘을 올려다 보면, 밤하늘엔 별이 촤르르 쏟아졌다.

"이토록 거대한 자연 앞에서 나는 얼마나 작은 존재인가."

끝없이 이어지는 사막 한복판을 멍하니 보고 있자니 나는 또 다시 작아졌다.

눈앞의 사막은 단조로울 만큼 고요했지만, 머릿속은 오히려 몹시 시끄러웠다. 지나간 일들과 최선이 아니었던 선택들이 머릿 속을 휘저었다. 거기다 아직 오지 않은 미래까지 앞당겨 걱정하느라 생각이 좀처럼 멈추지 않았다.

무엇이 나를 이토록 조급하고 불안하게 만드는 걸까. 이력서에 한 두줄 더 남겨보자며, 스펙과 학점에 매달리며 쉬지 않고 스스로 몰아세웠던 시간들. 사실은 그 모든 것들이 나를 서서히 소진시키고 있었다는 것을 이 곳에 와서야 비로소 인정할 수 있었다.

시간이 흐를수록 생각들이 점점 고갈되다, 결국 머릿속에는 아무것도 남지 않았다. 끝내 내가 도착한 곳은 과거도 미래도 아닌, 오직 지금 이 순간이었다. 모래 위에 가만히 앉아 바람 소리만을 듣고 있자니, 그 고요가 왠지 모르게 묘한 위로가 되었다.

'맞다, 나는 지쳐 있었다.'

그 침묵만이 내게 다시 걸어갈 용기를 조용히 건네주고 있었다.

이후 미국 동부로 건너갔다. 베이글 하나 사 들고선 뉴욕 센트럴파크의 어느 벤치에 앉아 멍하니 사람들을 바라보던 어느 아침이 기억에 남는다.

'세상에는 여러 형태의 삶이 있었지.'

저마다 다른 방식과 속도로 살아가는 사람들 사이에 앉아 있자니, 뭔가 모를 뭉클함이 마음을 웅켜잡았다.

나를 구성하는 수많은 순간들 - 내가 마주했던 도전, 선택, 우연의 경험들이 모두 하나로 이어져 선을 만든다면, 먼 훗날 나는 어떤 나를 만나게 될까? 어떤 사람이 되고 싶고, 어떻게 살아가고 싶은지. 그때부터 나는 끊임없이 나에게 질문을 던지기 시작했다.

02 기록이라는 또다른 안전망

2018년 나는 다시 미국 땅을 밟았다.

워싱턴 D.C.에서의 인턴십. 이번에는 단순 여행이 아니라, 처음으로 미국에서의 삶을 살아보는 여정이었다. 교환학생 이후 세 번째 해외 생활이 시작했다.

지하철을 타고 출근 하던 아침의 모습, 상사 Peter의 피드백, 인턴 생활 중 마주한 여러 불안과 설렘들, 각 하루들을 채운 사소한 기억까지. 낯선 환경, 서툰 언어, 정해지지 않은 미래 앞에서 내가 유일하게 통제할 수 있었던 것은 단 하나였다. 오늘 내가 무엇을 보고 느꼈는지, 또 어떤 생각을 했는지 기록하는 일.

　기록은 언제나 나의 안전망이었다. 어떤 날은 그저 하루를 버티기 위해 문장 하나라도 더 붙잡아야했고, 또 어떤 날은 다시 앞으로 걸어갈 용기를 얻고 싶어 글을 썼다.

　흩어진 마음을 한데 모아, 무너질 듯 흔들리는 날에는 글이 나를 붙들어 세워주었다. 말로 쉽게 표현 할 수 없는 감정들이 일기 안에서는 제각각 모양을 갖췄고, 모양을 가진 감정은 더 이상 나를 집어삼키지 못했다.

요가를 시작하다

　미국에서는 정말 다양한 사람들을 만났다. 어떤 관계는 오래 기억될 위로를 주었고, 또 어떤 관계는 예상치 못한 상처를 주기도 했다. 마음이 어지러울 때면 나는 하루에 세시간, 많게는 네 시간씩 요가를 했다. 글을 쓰다 요가를 하고, 요가를 하다 다시 글을 쓰는 일상을 반복했다. 그 시기 요가는 나의 대피처이자

안전망이었다. 머무는 집보다도, 나를 가장 안전한 곳으로 데려다 준 건, 핑크색 스타벅스 다이어리와 요가매트 위였다.

요가를 하다 보면 예고 없이 큰 하품이 터지거나, 이루 설명할 수 없는 눈물이 뚝 하고 흘러내릴 때가 있다. 수련 중에 떠오르는 수 많은 생각들을 억지로 붙잡지도, 밀어내지도 않고 그저 흘려보내며 머무는 시간. 그렇게 울고, 비워내고, 다시 호흡을 고르다 보면 어느 순간 나는, 또 다시 용기를 내어 살아갈 힘이 생겼다. 그 시간들은 근심과 걱정을 달고 사는, 그래서 사소한 일에도 쉽게 흔들리는 내향형 인간인 나를 조금 더 단단한 사람으로 만들어주었다. 무엇보다 하루도 빠짐 없이 꾸준히 매트 위에 서 있는 내 자신이 대견했다. 그저 나 스스로를 위해 하루하루를 충실했다는 사실이, 그 시기의 나를 꽤 단단히 지탱해주었다.

"Too hot for me, but great."

생애 처음으로 핫요가를 시작했던 것도 바로 그때였다. 수업을 마치고 숨을 고르며 자리에서 일어서면 언제나 옆자리에서 같은 1시간을 버텨낸 사람들과 눈이 마주쳤다. 서로 헉헉대며 짧은 인사 한마디를 건네는 그 순간이 내게는 묘한 치유였다. 낯선 환경에서의 긴장, 새로운 사람들 사이에서의 어색함, 미국 생활 적응에 대한 압박 속에서, 요가는 내가 도망칠 수 있는 거의 유일한 공간이었다.

불안을 안아주는 연습

요가를 마치고 집으로 걸어오는 길, 시원한 밤공기가 코끝을 다부지게 스칠 때면 온종일 쌓여있던 머릿속의 생각들이 한꺼번에 분출되곤 했다.

'아, 내가 그 때 그 생각이 들었던 건 이 때문이었구나.'

그 생각들을 하나라도 놓치지 않으려, 집에 돌아오면 곧장 일기장을 펼쳤다. 그 시기 요가는 나의 하루를 버티게 해주었고, 그 하루를 소화하게 해준 건 바로 일기였다.

인사이드아웃이라는 애니메이션을 본 날이었다. 나는 평소처럼 요가 매트 위에 올랐다. 매트에 오른지 한 30분이 지났을까? 갑자기 영화 속 주인공인 '감정'들의 장면이 나의 움직임과 겹쳐지더니, 설명할 수 없는 눈물이 왈칵 쏟아졌다.

"불안할 땐 그냥 마음껏 불안해 해도 돼. 불안해서 미안해. 걱정시키고 싶지 않았는데 올라오는 불안이 어쩔수 없었나봐. 너는 그저 최선을 다하려, 잘하고 싶어서 그랬을텐데, 그 마음을 잘 알면서도 미워해서 미안해. 언제나 내 옆에 찰싹 들러붙어 아무리 밀어내도 좀처럼 떨쳐낼 수 없던 너를 항상 미워했어. 하지만 이제는 괜찮아. 무슨 일이 있어도 행복하게 해주고 함께 있어줄게."

　나는 왜 그토록 다른 이들에게는 관대하면서 스스로에게는 그렇게 가혹했던 건지, 그 사실이 문득 미안해졌다.

　"너는 이게 무서웠구나, 힘들었겠다. 그래서 아무것도 안하고 누워있고 싶었구나. 괜찮아. 그렇게 쉬어도 돼. 삶은 내가 상상한 것보다 항상 더 좋은 것을 가져다준다는 믿음과 함께, 나의 삶을 내가 원하는 형태로 만들 수 있다는 확신으로 살아가볼게. 지금 당장은 너무 불안하더라도, 문제 그 자체를 사랑해보도록 할게. 때로는 금세 그 해답을 찾지 못하더라도, 그 역시 '지금은 때가 아니라는 것'을 인지하고 그 문제들 속에 머물며 살아가 볼게. 혹은 어떤 바람이 쉽게 이루어지지 않더라도 이것보다 더 좋은게 오려나보다, 이건 나의 길이 아니었구나 하며, 그간 잘 해왔던 것처럼 또 다른 길을 찾아 볼게."

　그렇게 어린아이를 달래듯 내 안의 불안들을 하나씩 꺼내 조심스레 안아주기 시작했다. 그리고 다시 매트 위에 앉았을 땐 마음이 훨씬 가벼워졌다.

　"요가는 마음의 근육을 키우는 일. 매트 위

에서 나의 감각을 깨워 무감각한 일상을 매트 밖에서도 다채롭게 느끼는 연습.그리하여 하루를 충실히 채워낼 것."

어느 책의 한 구절처럼 어쩌면 이것이 내가 요가를 했던 이유였는지도 모르겠다.

매트 위에서 몸을 움직이는 일은 내 마음의 근육을 단련하는 연습이었다. 문득 일기장을 열어보니, 요가를 주제로 쓴 기록이 어느덧 161건이 쌓였다. 불안과 공허를 이겨내며 매일을 충실히 살아낸 나의 증거들이 그곳에 차곡차곡 쌓여있었다.

03 세상을 여행하는 일

주말이 되면 미국 전역을 여행했다. 일찍 예매하면 단돈 5불에 5~6시간을 달려 새로운 곳에 도착할 수 있으니 그건 낭만이자 행복이었다. 대부분의 승객이 잠든 기내나 버스 안에서의 백색 소음이 좋았다. 그 속에서 나는 멍하니 사진첩을 넘기며 지난 기억들을 회상하거나 글을 썼다. 보고싶은 이들에게 편지를 쓰는 날도 많았다.

사람들이 하나둘 잠들고, 차창 밖 하늘이 새까만 어둠으로 잠기면, 나는 그 고요함 속에서 마구 고독을 헤엄치곤 했다. 늘 누군가를 떠올렸고, 동시에 나 자신에게 깊이 몰입하는 시간을 가졌다. 이상하게도 그 새벽의 적막이 좋았다. 그 고요가 나를 어루만져주는 것 같았다. 그 시간은 나를 견디게 해주는 시간이자 불안을 가라앉히는 안식처가 되어주었다. 그 새벽의 나는 세상에서 가장 솔직해질 수 있었다. 좁은 좌석이라 할지라도, 공간 안에서 만큼은 안전함과 나다

움을 느꼈다.

대여섯시간이 지나면 새로운 도시에 도착한다. 그럼 그곳에서 나는 또 새로운 공기의 온도, 노을의 색도, 거리의 소음을 마주한다. 그 낯섦 속에서 다시 살아 있음을 느꼈다.

일기장과 현실 사이

나는 새로운 사람을 만나는 것보다 익숙한 사람과 깊어지는 관계를 좋아한다. 드라마 이두나의 한 대사가 오래 마음에 남았다.

"애초부터 없었던 것에 대해서는 그 상실감이 크지 않은데, 애써 마음을 주고 받았던 그 모든 것들에 대해서, 갑자기 사라지거나, 변했을 때 찾아오는 상

실감과 거절감이 얼마나 큰지."

　나 역시 잃어버리는 것에 아주 크게 취약했다. 사람을 좋아했고, 더 깊게 만나고 싶다는 마음도 있었지만, 마음을 내어주기까지는 항상 오랜 시간이 필요했다. 애써 마음을 건넨 뒤에는, 잃을 수도 있다는 생각에 또다시 불안해졌다. 그렇게 늘 가진 것보다 잃을 것에 더 집중하며 아파했다.

　새로움은 나에게 설렘이기 이전에, 사랑받고 있다는 확인이었다. 그래서 나는 낯선 공간에서는 비교적 쉽게 마음을 열면서도, 관계가 깊어질수록 한 발 물러나는 사람이 되어 있었다. 오래 머무는 관계보다 언제든 떠날 수 있는 상태를 유지하는 편이 덜 아프다고 믿었고, 그게 나를 지키기 위한 나름의 방식이기도 했다. 그러다보니, 어느 순간 이런 나를 온전하게 드러내는 것이 어려워졌다. 이해받지 못하는 독특함에 나는 작은 오해에도 쉽게 무너졌다. 건네는 마음에 아주 작은 균열이라도 생기면 풍선이 터지듯 빠르게 작아졌다. 그래서 나는 덜 상처 받기 위해 마음이 닿는 대상을 늘 최소화 했다. 넓은 관계보다는 설령 몇 명 되지 않더라도 내가 알아낼 수 있는 만큼의 사람들만 감당하고 싶었다.

　외향적인 사람들이 더 눈에 띄고 주도하는 세상에서 살아남기 위해, 나 역시 외향적인 사람처럼 행동해왔던 시절이 있었다. 말수가 적은 나보다, 항상 잘 웃고 잘 반응하는 내가 더 환영받는 것 같았다. 내가 아닌 나는 항상 웃고 있었다.

　그러다 어느 순간 전혀 다른 결의 새로움을 경험했다. 더 많이 말하지 않아도 괜찮고, 나를 설명하거나 증명하지 않아도 되는 관계 속에서 충분히 편안해질 수 있다는 사실. 처음으로 내 본연의 내성적인 모습 그대로 존재해도 괜찮다고 느꼈다. 그 경험은 나에게 새로움이란 반드시 더 큰 자극이나 더 넓은 관계를 의미하지는 않는다는 사실을 알려주었다. 덜 애쓰며, 덜 웃거나 말해도 충분히 나

일 수 있다는 것을.

관계 앞에서 점점 말수가 줄어들던 나에게, 내가 가장 솔직해질수있는 공간은 언제나 일기장이었다. 일기장은 단 한번도 나를 버린 적이 없었다. 어떤 감정도 받아주었고, 그 안에서는 떠나버린 누군가를 언제든 다시 담았다 흘려보낼 수 있었다. 엎질러진 마음을 조심스레 주워 담아 간직하는 것도 허락해주었다. 잃어버린 것들과 엎질러진 어려운 마음들도, 모두 그 자리에서 나를 지켜주었다. 그 안에서는 잃어버리거나 지워져버리는 일, 오해받을 걱정도 없었다. 그 누구의 눈치도 보지 않고 가장 솔직한 목소리를 낼 수 있었다. 그리고 내 꿈을 마음껏 적어 내려가는 것도 가능했다. 그렇게 나를 단단하게 만드는 문장과 순간은 언제나 일기장에서 태어났다.

독특함의 재정의

솔직함은 곧 독특함으로 이어진다. 그런데 나는 줄곧 독특하단 말을 들으며 살아왔다. 혹은 다르다, 또는 아슬아슬하다 같은 표현도. 그런데 내가 말하는 독특함(솔직함)과 사람들이 말하는 독특함(무모해보이는 도전, 선택, 추진력)의 의미가 다르다는 걸 나는 이 책을 쓰면서 조금씩 알게 된 것 같다. 그땐 몰랐지. 언젠가 이렇게 다시 살게 될줄은. 나의 독특함이 지금에 와닿을 줄은. 그리고 그 기록이 한데 모여 한 권의 책으로 이어질줄은. 미국이라는 현실 속에서 또 한번, 더 큰 도전을 하게 될 줄은 정말 상상조차 하지 못했다.

특별한 공간 3 - 그럼에도 불구하고

01 이해받지 못한 선택들

"나는 네가 처음부터 이런 사람인지 몰랐어. 어느 순간 발견한거지. 평범하게 생각하고 행동하는 사람이 아니란 걸. 관심을 가지고 너를 지켜보지 않으면 누군가는 그 모습을 이상하게 보거나 낯설게 느낄 수도 있어. 불편할 수도 있지. 왜냐면 평범하지 않으니까. 하지만 나는 그 독특함이 무너지지 않도록, 응원하고 지켜주고 싶어."

이 말이 오래 남았다. 그리고 정말 그랬다. 내가 온전히 숨 쉬기 위해선, 이런 나를 있는 그대로 바라봐주고 이해해줄 수 있는 사람들이 늘 필요했다. 그래야만 내 안의 독특함이 건강하게 자랄 수 있었다. 그렇지 않으면 나의 특이함은 금세 다른 모습으로 굳어버렸다. 새로운 가능성이 돋아나기도 전에 꺼져버리거나, 덜 상처받기 위해 스스로 깊은 동굴 속으로 숨어버린다거나. 그리고 이런 나를 있는 그대로 지켜주려면, 단순한 관심만으로는 부족하다는 것도 알았다. 오래 머물며, 끝까지 믿어주는 애정이 필요했다. 이 사람이 어떤 선택을 하든, 그 방향을 믿어주며 곁에서 좋은 힘이 되 줄 거라는 믿음.

회복의 기준

이해받지 못한 시절의 연애는 그런 점에서 유독 버거웠다.

"스타트업에 다니고 싶어." "스타트업? 왜 그런 고생을 해. 대기업에 가야지."

"나중에는 책방과 살롱을 운영하는 오프라인 공간을 만들고 싶어."

"그거 해서 성공하는 사람이 얼마나 있을 것 같아."

내 행복이 그렇다는데 왜 쉽게 단정하고 판단하는거지? 그럼 나는 아주 많이 무너지고 작아졌다. 그 선택을 이해받지 못할 때마다, 처음엔 반항했고, 지쳐 무너지다 결국엔 나 자신을 의심하기도 했다.

"언니는 소중한 사람이야. 그니깐 언니의 가치를 온전히 알아주는 사람을 만나. 언니를 더 나답게 만들어줄 수 있는 사람을."

그 시절, 친한 동생이 내게 건넨 한마디에 잠시 말문이 막혔다. 나의 가치를 온전히 알아주는? 그리고는 스스로에게 되물었다.

'그럼 나는 어떤 사람 옆에서 온전해질 수 있을까?'

'어떤 사람과 함께 있을 때, 나는 굳이 애쓰지 않아도, 그저 있는 모습 그대로 존재해도 마음이 편해질 수 있을까?'

그 질문이 내 안에 꽤 오래 머물렀다. 앞으로 어떤 관계를 선택해야할지 방향을 비춰주는 북극성처럼.

자유라는 생존방식

"누군가는 현모양처를 원할 수 있죠. 그런데 나는 그걸 잘 할 수 있는 사람이 아닌걸요. 나는 내가 꿈꾸는 삶을 함께 꿈꾸며 같이 나아갈 수 있는 사람을 만나고 싶어요."

"너가 꿈꾸는 삶이 어떤 삶인데?"

"날개. 자유롭고 싶어요. 어디든 어떤 시간 속에서든 날고 싶어요."

누군가에게는 이 말이 굉장히 추상적이고 비현실적인 낭만이라 여길 수 있지만, 실제로 나는 매번 그렇게 말했다. 원할 때 사라졌다가, 다시 나타나는 삶. 여행하는 삶은 어릴 적부터 거의 본능에 가까웠다. 한 공간에 오래 머물거나 같은 일을 반복하면 금세 지루해졌다. 나는 항상 새로움에 이끌렸고, 그 설렘이 나를 살아 있게 했다.

그런 나에게 자유는 선택이 아니라 거의 생존에 가까웠다. 세계 곳곳을 누비며 새로운 자극과 변화 속에 있을 때, 비로소 살아있음을 느끼는 삶. 그런 나를 다듬으려 하지 않고, 서로의 속도와 리듬을 이해하며 같은 하늘 아래에서 각자의 날개로 함께 날 수 있는 사람.

그래서일까. 오히려 가정을 일찍 만들고 싶었다. 항상 철새같이 떠도는 삶을 살더라도, 가장 가까이에는 바다처럼 지켜주는 존재가 옆에 있기를 바라며. 늘 새로운 자극과 변화를 향하더라도, 돌아오면, 언제 어디서든 변하지 않고, 나를 맞아주는 울타리 같은 사람이 필요했다.

"그건 현실적이지 못해, 어떻게 그렇게 살아?"

분명 그런 사람을 찾는 것이 바늘구멍에 실을 꿰는 일만큼 희박한 확률 이겠지만, 지구 어딘가에는 그런 사람이 꼭 있을 것만 같았다. 나의 허무맹랑한 꿈 조차 응원해주며 함께 걸어줄 사람이.

"나는 10년 안에는 우주에 갈거고, 신혼여행으로는 남극에 가고 싶어."

이런 말을 아무렇지 않게 꺼내도, 허황된 공상이 아니라 진심으로 받아들여주는 사람. 굳이 그 사람이 아니라면 결혼을 해야 할 이유도 가정을 꾸릴 필요도 없을 것 같았다. 그런데 만약 정말로 그런 사람이 존재한다면? 그와는 함께 삶을 짓고 싶었다.

물론 완벽한 사람은 세상에 없었다. (내가 완벽한 사람이 아닌것 처럼) 그러나 지구 상에 존재하는 가장 근접한 이상형을 찾았다. 그가 바로 내 남편이었다.

그는 나의 세계를 바꾸려 하지 않았다. 대신 내가 가는 방향을 믿어주고, 그 길 끝에서 "괜찮아, 네가 가는 곳이 곧 길이 될 거야."라며 항상 응원해주었다.

남편은 내게 자주 편지를 써주었다. 나는 그의 진지한 궁서체 글씨에 자주 울

고 웃었다. 그 따뜻한 문장들이 내
가 덜 흔들리도록 지탱해주었다. 남
편은 내가 어디에 있든 나를 가장
나답게 만들어주는 '공간'이자 내
가 더 멀리 날 수 있도록 바람을 만
들어준 사람이었다.

　사회 초년생 1년차에, 같은 업계
에 있는 남편을 알게 되었다. 늘 이
단아이자 때로는 독특한 정체성을
숨겨왔던 나인데 이상하게도 처음
만난 그에게 아주 많은 이야기를 털
어놓았다. '어떤 삶을 꿈꾸는지' '무
엇을 할 때 즐거운지' 그는 내가 솔
직하게 털어놓을 수 있게 해주었다.
그날 이후, 우리는 서로에게 자꾸 생각나는 사람이 되었다.

　연애를 시작한지 4개월이 채 되지 않았을 무렵이었다.

　"킬리만자로산에 만년설이 3년 내에는 모두 녹는다고 하네. 나 25살 전에는
꼭 아프리카를 가 보고 싶어."

　꽤 놀란 눈치였다. 잠시 정적도 흘렀다. 대부분의 사람들이 그랬듯, "그 먼 곳
을 왜? 여자 혼자 가기엔 너무 위험하잖아."라고 말할 줄 알았다. 그러나 그 주
주말, 그는 항공편과 현지 트래킹 루트, 경유지와 숙소까지 빼곡히 적혀 있는
계획을 내게 내밀었다.

"그래, 가자. 가고 싶다며. 같이 가자."

그때 알았다. 그는 처음으로 내가 허무맹랑한 이야기를 해도 발걸음을 맞춰주는 사람이란 걸.

남편을 만나기 전까지, 나를 이해해주는 사람들은 대체로 임시적이었다. 살면서 좋은 사람들을 많이 만났고, 그 덕분에 "내가 이렇게 인복이 많아도 되나?" 싶은 순간들이 참 많았다. 그러나 그 이해와 온기는 대부분 한 계절 정도의 유효기간을 가지고 있었다. 어느 시간에는 서로에게 큰 위로와 안식처가 되어주었지만, 시간이 지나면 계절이 바뀌듯, 자연스레 멀어지거나 떠나갔다. 서운하진 않다. 나도 그들도 그저 각자의 자리에서 서로의 시간을 살아내야 했을 테니까.

그런데 남편은 달랐다. 더 이상, '언제까지 내 옆에 있을 수 있어?' '나를 이해해줄 수 있어?' 를 묻지 않아도 되는 사람. 불안하지 않아도 되는 확신과 함께, 설명하지 않아도 이해받을 수 있다는 걸 알려주었다. 남편은 단순히 사랑이라는 감정을 너머, 나라는 존재를 있는 그대로 받아들여주는 꽤 영구적인 공간이었다. 내가 어떤 모습으로 변해도, 어떤 선택을 하든 그는 의심하지 않았다. 그 믿음 덕분에 나는 굳이 더 멋진 사람처럼 보이려 애쓰지 않아도 되었고, 나의 서투름과 불완전함마저 삶의 일부로 자연스럽게 받아들일 수 있게 되었다. 그는 결국 나를 더 나답게 만드는 특별한 사람이었다.

02 서로 다른 언어로 사랑하는 법

처음 만난 사람들은 우리 둘이 남매냐고 물을 만큼, 우리는 생김새부터 시작해 꽤 많은 닮음을 공유하고 있지만, 동시에 다른 면도 많았다. 예를 들어 나는 감정으로 세상을 느끼는 사람이라면, 나의 남편은 이성으로 세상을 이해하는 사람이었다. 나는 조잘조잘 이야기를 꺼내며 세상을 이해하고 이해받는 사람이라면, 그는 머릿속에서 논리적으로 정리되지 않으면 좀처럼 말을 꺼내지 않는 사람이었다. 처음에는 답답했다. (물론 지금도 그렇다. 가끔은 눈동자에서 생각중이라는 로딩 표시가 뜨는 것 같다.) 서로의 방식으로 상대를 이해하려다보니 엇나가기도, 자주 토라지기도 했다. 하지만 우리는 포기하지 않았다. 대신 서로의 방식 안으로 조금씩 걸어 들어갔다. 나는 조금 더 기다렸고, 그는 조금 더 일찍 나를 찾아주었다. 이제 그는 내가 말을 쏟아낼 때면 조용히 따뜻하게 안아준다. 그럼 나도 그의 침묵 속에도 진심이 있다는 걸 배우고 느낀다.

다른 사람이라는 사실을 인정하는 데서 출발해, 그 다름을 여러 겹의 사랑으로 덮어가는 법을 배우는 데까지 꽤 긴 시간이 필요했다. '이해받는 것'은 꼭 같은 언어로 말해야만 가능한 일은 아니라는 걸. 서로의 세계를 천천히 배워가며, 오랜 노력 속에서 '이해'를 배웠다.

나의 티라미수

라틴어로 티라미수(Tirami su)는 "나를 위로 끌어올리다"라는 뜻을 가진다. 그는 내게 티라미수 같은 사람이었다. 울적했던 기분을 사라지게 만들고, 다시 부드럽게 달아오르도록 만드는 사람.

"우리는 서로 싸우거나 혹은 서운한 게 있더라도 훌훌 털어내고 금방 일어나야해! 안 그래도 쉽지 않은 미국 생활인데 우리 둘만큼은 함께 오손도손 잘 지

내야 하지 않겠어?"

그의 사랑은 때때로 찾아오는 나의 어둠을 조금씩 집어 삼켜 주었고, 그 이상의 행복으로 그 공간을 채워주었다.

"무언가를 해내고 있기에 불안이 가까이 뒤따르는 거라고. 너무 잘하고 있다고. 새롭고 모르는 것 투성이인 낯선 삶 앞에서 더는 자책하지 말자고. 지금처럼 늘 잘하고 있는 것도 나고, 또 힘든 것도 나라고. 그런 시기도 있고 이런 시기도 있는 거라고.

그 덕분에 이렇게 성장하고 있지 않냐며. 결국 우리는 잘 해낼거라고, 고통 끝에 결국 좋은 시기가 올거라고. 아주 작은 행복도 우울에 잠식하지 않고 온전히 소화할 수 있는 사람이 되자고."

언제든 다시 돌아올 수 있는 곳

그래서 남편은 사람을 넘어 내게 하나의 '공간'이다. 어디서든, 어떤 속도로 살아가더라도 내가 언제든 돌아올 수 있는 공간. 흔들릴 때마다 나의 중심을 잡아주고, 다시 날아오를 때는 바람이 되어주는 유일한 공간. 그는 언제나 잦은 빈도로, 새로운 변화를 만들어야 하는 역마살 낀 '아내'에게 가장 안전하고도 포근한 울타리가 되어주었다.

내게 사랑은 혼자서도 행복하고 잘 살 수 있는 개인이, 같이 있으면 두 배의 행복이 되고, 서로를 더 괜찮은 사람으로 만들어주는 것. 그러니 독립된 나로서도 언제든 어느 도전을 하거나, 충분히 행복을 만끽하는 삶을 잘 만들어야함과 동시에, 언제든 돌아와 서로를 반겨주고 더 좋은 사람으로 만들어주는것이 사랑이란 걸 그가 가르쳐주었다.

신혼 1년차라고는 하지만, 미국에 넘어온 뒤로 우리는 생각보다 많은 시간을 함께 보내지 못했다. 나는 출장이 잦았고, 남편은 학업에 집중해야했다. 그래도 남편과 같은 공간에 있을 때면 하나도 외롭지 않았다. 함께 무언가를 같이 하지 않아도 괜찮았다. 같은 공간에서 남편의 뒷모습만 보고 있어도 마음이 편안해졌다. 굳이 말이 오가지 않는 시간에도, 내 시야에 남편이 있으면 그곳이 어디든, 나를 가장 나답게 만들어주는 울타리였다. 그의 존재만으로도 내 세계의 경계가 단단해지고, 그 시야 안에서 나는 언제든 나로서 숨 쉴 수 있었다. 진정한 나로서 가장 안전하다고 느낀 공간이었다.

불확실하지만 설렘으로 가득 찼던 우리의 첫 미국, 그렇게 우리는 매일 같이 또 하나의 미지의 문턱을 함께 마주했다. 하루에도 몇 번씩 폭풍이 스쳐 지나갔지만, 각자의 자리에서, 서로의 방식으로, 같은 방향을 바라보며 함께 앞으로 나아가고 있었다.

03 부대끼며 보듬으며

앞서도 이야기했지만, 요가는 나에게 내밀한 대피처이자 또다른 안전망이었다. 다양했다는 표현이 모자랄 만큼 미국생활은 의외의 순간들로 마주쳤다. 응원과 위로를 받기도 했지만 상처를 받기도 했다. 그럴 때마다 글을 쓰고 요가를 했다. 어쩌면 집보다도 더 안전하게 느껴지곤 했다.

어느 날은 인사이드아웃 영화를 보고 요가를 하며 나 스스로에게 이런 말을 전해주었다.

"불안한 마음이 들 때는 그냥 마음껏 불안해해. 불안해서 미안해. 걱정시키고 싶지 않았는데 올라오는 불안이 어쩔수 없어서 미안해. 너는 그저 최선을 다하려 했고, 잘하고 싶어서 그랬을텐데, 그 마음을 너무 잘아는데 미워해서 미안해. 중력처럼, 떨쳐낼 수 없어서 항상 너를 미워했어. 하지만 내가 너를 무슨 일이 있어도 행복하게 해주고 함께 있어줄게."

그렇게 나는 나의 불안한 마음에게 속삭였다.

"너는 이게 무서웠구나, 혹은 힘들었구나. 이 때는 그래서 아무것도 안하고 누워있고 싶었구나. 그렇게 온전히 쉬고 싶었구나."

그래, 삶은 내가 생각한 것보다 더 좋은 것을 내게 가져다준다는 믿음과 나의 삶을 내가 창조해낼 수 있다는 강한 의지와 함께, 불안해도 문제 그 자체를 사랑할게. 때론 지금 당장 해답을 찾을 수 없다면 그 역시 당장 주어질 수 없음을 인지하고 그 문제들을 살아볼게. 혹여 이루어지지 않더라도 이것보다 더 좋은게 오려나보다, 이게 진정 나의 길이 아니었음을 인지하고

나의 믿음만큼 그동안 해왔던 것처럼 또 다른 문을 찾아볼게. 나는 왜 그토록 다른 이들에게는 관대하면서 내 자신에게는 한없이 강하게 대했을까.

주말이 되면 나는 미국 전역을 여행했다. 일찍 티켓을 끊어 단돈 5불에 5~6시간을 달려 새로운 곳에 도착할 수 있다면이야, 그곳은 내게 그저 낭만이자 행복이었다. 좁은 버스 안 혹은 기내 안에서 나는 그 주간에 찍었던 사진들을 들여다보며 글을 썼다.

주로 레드아이 장거리 비행이나 버스를 많이 탔는데, 티켓이 저렴했거니와, 조명이 꺼져 대부분 이들이 잠든 기내에서 백색소음을 들으며 혼자 멍하니 사진첩을 보며 오래전 일을 회상하기도 하고, 글을 쓰면 나는 과거로도, 미래로도 자유롭게 시간여행을 하는 것 같았다.

보고싶은 이들에게 그 시간을 활용해 편지를 쓰기도 했고, 혼자만의 일기를 남기기도 했다. 그 시간만큼은 내가 가장 솔직해질 수 있는 순간이었다. 기록은 나를 지켜주는 울타리였고, 나는 그 좁은 공간에서도 비로소 안전함과 나다움을 느꼈다.

그렇게 대여섯시간 정해진 시간들이 흐르고 새로운 곳에 도착하면, 그곳에서는 시차도, 온도도, 도시의 냄새도, 습도도 모두 달랐다.

그땐 몰랐지 - 언젠가 이렇게 다시 미국에 돌아와 살면서, 그때의 기록들을 한데 모아 책으로 엮게 될 줄은. 그리고 미국이라는 현실 속에서 또 한 번, 더 큰 도전을 하게 될 줄은 상상조차 하지 못했다.

01 머무름에서 도전으로

삶이 잠시 숨을 고르듯 안정되어 가던 시기였다. 정말 모든 것이 하나의 오류도 없이 완벽하게 돌아갔다. 출퇴근 길도, 나를 채우는 소중한 친구들과의 시간도. 내 인생 가장 안정적인 시기였다.

그러나 이상하게도, 그 안정 속에서 나와 남자친구의 마음 한 구석에서는 또 다른 목소리가 고개를 들었다.

지금의 익숙함 너머, 어딘가 있을지 모르는 낯선 가능성, 더 큰 도시에서 함께 꾸리는 삶, 새로운 기회에 대한 갈망이었다. 한동안 잠잠했던 결핍과 새로운 세상에 대한 호기심이 다시 자라나기 시작했다. 우리가 원하던 삶에 조금 더 가까워지기 위한 또 하나의 모험이 시작될 시간.

"지금도 충분히 좋은데, 더 큰 나라로 가보는게 어때? 다른 나라에서 정착하는 건 어떨까?"

우리는 평소에도 현지를 온전히 느낄 수 있는 평범하지 않은 여행을 좋아하는 사람들이었다. 화려한 관광지보다는, 로컬들이 머무는 숙소라던가, 지도에는 잘 나오지 않는 그들만 아는 골목을 더 좋아했다. 그 곳을 살아가는 사람들의 하루를 동행하며 낯선 이들의 이야기를 들을 때, 더 자유로웠고 해방감을 느꼈다. 그래서 조금 더 큰 세상으로 가고 싶었다. 그렇게 새로운 문화와 환경에 부딪히며 다시 시작해보고 싶어졌다.

오래전부터 미국에 나가고 싶어 했던 남편의 의견을 존중했다. 그는 더 큰 세상에서 훨씬 더 크게 날아오를 수 있는 사람임을 나는 누구보다 잘 알고 있었다. 물론 나 역시 더 넓은 세상에서의 가능성을 시험해보고 싶었다.

그렇게 우리의 다음 챕터가 정해졌다. 미국이었다. 우리가 꿈꾸는 삶의 형태에 더 가까워지기 위해, 그리고 새로운 기회를 마주하기 위해, 삶의 다음 페이지를 넘겼다.

이어달리기를 시작하다

남편은 미국에서 대학원 진학을 결심했다.
"남편이 공부를 하는 동안 나는 미국에서
무엇을 할 수 있을까?"

머무는 곳이 어디든, 나는 일을 할 때 나다
워지는 사람이었다. 일은 나를 증명하는 동시
에 나를 지탱하는 일이었다. 스스로를 믿게 해
주는 가장 확실한 방식이기도 했다. (물론 멈춰
있으면 불안한 성향은 평생 바꿀 수 없는 성향일거
다.) 작은 성취라도 꾸준히 만들어야, 나는 삶
에서 균형을 잡고, 세상과 연결될 수 있었다.

"일은 놓지 않을 거야. 새로운 곳으로 가더
라도 내가 할 수 있는 일을 찾아 꾸준히 일할
수 있는 환경을 만들어야겠어."

남편이 2년 동안 공부에 집중하기로 한 만
큼, 누군가는 현실을 책임져야 했다. 그렇게
나는 자연스레 가장이라는 자리를 선택했다.
하지만 가장이라고 해서 특별히 무거운 의미
를 기대한 건 아니다. 가장이 별건가. 누가 하
느냐는 별로 중요하지 않았다. 남편과 내가 함
께 하는 삶은 이어달리기니까. 나는 그저 첫

주자가 되었을 뿐이다.

"내가 먼저 바통을 들고 달리기를 시작할게. 걱정 말고 당신의 속도로 한번 달려봐. 내가 많이 부족하겠지만, 그 시간을 지켜줄 수 있도록 최선을 다할게. 그러다 내가 잠시 멈추는 순간이 오면, 그때 나를 대신해서 달려줘."

내게 미국은 나 혼자만의 삶만 놓고 봤을 때는, 1순위의 선택지도 그렇다고 꼭 가야만 하는 나라도 아니었다. 그런데도 나는 왜 이 여정에 기꺼이 발을 들었을까? 남편이었다. 그가 선택한 공간이기에, 그 안에서 나도 새로운 기회를 만들고 싶다는 마음이 자연스레 생겼다. 그의 꿈을 응원하고 싶었고, 동시에 나도 이곳에서 나의 다음 챕터를 만들어가고 싶었다. 돌아보면 나의 모든 선택은 언제나 불확실 속에서 만들어졌다. 그럼에도 불구하고 하루에 단 1%라도 가능성의 씨앗을 키워 가는 일, 그리고 그 가능성을 현실로 조금씩 만들어가는 일. 그게 지금의 나를 만든 방식이었다. 그와 함께라면 나는 그 어떤 낯선 땅에서도 다시 시작할 수 있을 것 같았다.

"누군가의 아내이자 동반자로서, 그리고 여전히 나답게 살아가기 위해서 어떤 길을 선택해야할까?" 이 질문에 답을 찾는 일이 나의 다음 숙제였다.

02 새로운 무대에서

미국에서 나의 업을 이어갈 수 있는 방법을 고민하던 중, AI를 통해 인간의 한계를 뛰어설 수 있도록 돕는 멋진 팀을 만나게 되었다. 나 개인의 성장 가능성과 시장의 잠재력까지 그 모든 질문에 'Yes'라고 답할 수 있는 팀이었다.

뛰어난 인재밀도, 빠르게 움직이는 시장의 속도, 그리고 Product와

Business 사이에서 전범위로 문제를 두루 고민할 수 있는 기회까지.

한번도 경험해보지 못한 산업군과 직무를 경험하며 이곳은 다음 챕터를 열어주었다. 그렇게 24년 8월, 우리의 미국 이주가 확정 되었다.

한국에서의 마지막 밤, 텅 빈 아파트 거실에 온 가족이 둘러앉았다. 박스와 캐리어로 채워진 공간에서 정리되지 않은 짐 사이로, 우리가 쌓아온 시간들이 스쳐 지나갔다. 무엇을 가져가고 무엇을 두고, 무엇을 버려야 할지 고민하는 일은 단순, 짐 정리가 아니었다. (인생에서 중요한 것이 무엇인지 가려내고 돌아보는 과정에 가까웠다.) 오래된 물건 하나하나에 저마다의 추억과 시간이 배어있었다. 그러다 문득 보고싶은 이가 떠오르면, 그동안 미처 전하지 못했던 마음을 편지에 담아 마지막 날까지 정성껏 건넸다.

마음에 남은 말

마침내 미국행 비행기 탑승 날이 되었다. 6개의 국제 택배 박스와 6개의 캐리어를 들고 공항에 도착했다.

"모든 일상이 기회다. 기꺼이 배울 수 있는 기회. 기쁨과 슬픔의 감정 마저도 함께 공유할 기회. 도전으로 목표한 바를 이룰 수 있는 기회. 기회가 주는 시련이 클수록 배움이 큰 법이다. 시련을 교사로 삼을 수 있을 때 더 큰 발전이 있는 법이다. 시련을 도약의 기회로 만들고 절망 속에서도 희망을 볼 수 있는 혜안을 지니기를 바란다. 어떤 상황에서도 늘 감사하며 최선을 다하는 것은 기본이다. 지루한 여름과 혹독한 추위의 겨울을 이겨낸 자만이 따뜻한 봄날에 더욱 화려한 꽃을 피울 수 있고 또한 희망의 튼실한 씨앗을 거둘 수 있지 않겠니? 공간적으로 멀리 떨어져 있을지 언정, 늘 한결같은 마음으로 응원할게. 우리는 우리에게 주어진 삶의 몫을 충실히 하면서 잘 지내고 있을거니까 너무 마음 쓰지 않기를 바란다. 삶의 하루하루가 축복이길 늘 응원할게. 건강히 잘 다녀오너라."

공항에서 가족들과 마지막으로 작별 인사를 나누는 순간, 그간 참아왔던 감정들이 터져 나왔다. 부모님의 눈가에 맺힌 눈물을 바라보며 애써 괜찮은 척 웃어보려 했지만, 마음 한편이 먹먹했다.

안녕, 서울. 고마웠어. 우리 건강하게 또 만나.

어쩌다 뉴욕

2024년 8월, 우리는 미국으로 이민을 왔다. 뉴욕으로. 다시 온 뉴욕은 이제 현실이 되었다. 그 해 8월은 결혼, 이주, 그리고 커리어까지 삶의 모든 이벤트가 동시에 이루어지며, 가장 많은 변화를 이루던 달이었다.

뉴욕에 온지 얼마 되지 않아, 우연히 지인의 추천으로, 한 이민자 커뮤니티 행사에 참석했다. 서로 다른 국적과 배경을 가진 사람들이 모여 '이민자의 정체성과 미국에서의 커리어'를 주제로 이야기를 나누는 자리였다. 이런 자리에서 매번 첫 번째로 듣는 단골 질문이 있다.

"뉴욕에는 어쩌다 오게 되었어요?"

뉴욕에 이민자로 산다면 누구나 한 번 들어 보는 너무나 흔한 질문일테다.

"남편과 함께 운이 좋아서 오게 되었어요."

아직은 그런 스몰 토크가 서투른 탓에 대충 얼버무렸다. 물론 언젠가 아시아

가 아닌 다른 나라에서 일해보고 싶다는 막연한 바람은 있었다. 하지만 그곳이 미국이거나 더더욱 뉴욕일 필요는 없었다. 뉴욕은 숨만 쉬어도 매달 아주 큰 돈이 드는 도시니까. 여행하듯 머무르기엔 너무 치열하고 냉정한 도시였다. 그래서였을까. 남편의 학업으로 뉴욕을 선택한 나로서는, 그때까지만 해도 뉴욕의 매력을 제대로 알지 못했다. 하지만 그곳에서 만난 사람들은 달랐다.

"뉴욕은 화려하잖아요. 거리를 걷기만 해도, 뉴욕에 살고 있다는 것이 꿈만 같아요." 그 안에는 분명한 자부심이 묻어 있었다. 이 도시는 언제나 그런 사람들의 에너지로 반짝거렸다. 누군가에게 뉴욕은 그 자체로 삶의 최종 목적지이거나 그저 머문다는 이유만으로도 자랑이 되는 곳이니까.

이민자의 식탁

행사를 마치고 집으로 돌아가는 길, 한인마트를 찾았다. 한국이 무척이나 그리워질 때면 나는 늘 한인 마트를 찾곤 했다. 새로운 것들을 사랑하는 나에게 한인마트만큼은 가장 익숙하고도 고마운 공간이었다. 특히 고향에 내려갈 때마다 엄마가 차려 준 한상 가득 상차림이 그리울 때면 나는 마트에 가서 뭐라도 집어왔다. 엄마의 손 맛을 떠올리며, 펄펄 끓인 된장찌개에 두부 한 모 가득 넣고, 남편이 차려준 잡곡밥과 한 입 가득 먹다보면, 무너진 마음을 다시 채울 수 있었다.

DC에서 지낼 때도, 나의 가장 큰 행복은 매주 주말에 친구 5명을 모아 우버를 나눠타고선 한인마트를 가는 일이었다. 여기까지 와서 굳이 한식을 챙겨 먹어야겠냐고 할 수도 있겠지만, 한식은 잠시나마 그리운 집의 온도를 떠올릴 수 있게 해주었다.

앞으로도 나는 이민자의 이름으로 살아가겠지. 또 다른 세상에서 일부는 비워지고, 그 공간에 새로운 것들이 채워지고 부딪히며 분명 또 다른 정체성이 만들어질 것이다. 그럼에도 끝까지 지키고 싶은 것이 있다. 내게 한식을 먹는 일이 꼭 그런 일 같았다.

03 책임이 앞질러 갈 때

결혼, 새로운 가족, 그리고 이민만큼이나 나를 가장 크게 흔든 것은 바로 업무의 변화였다. 늘 그랬지만 미국에 와서는 더더욱 그랬다. 당시 일은 곧 나였다. 일을 통해 나를 확인하며 새로운 성취로부터 에너지를 얻는 사람. 그렇기에 새로운 환경 속에서 적응하기 위해 내가 먼저 택했던 건 '우선 달리는 일'이었다.

그러나 이주와 결혼, 새로운 역할들까지 한꺼번에 주어진 책임의 무게는 생각보다 컸다. 한 사람의 아내로서, 한 조직의 구성원으로서, 한 가정의 일원으로서 그 책임감이 나를 참 많이 성장시켰지만, 동시에 나를 무겁게 짓눌렀다.

그때 애정하는 한 동료가 내게 해준 말이 있었다.

"우리가 가진 공통점은… 사실 괜한, 아니 그렇게까지 가지지 않아도 되었을 책임감이었어요."

그 말이 참 위로되었다. 맞다. 그간 나는 '모든 역할을 완벽히 해내야 한다'는 보이지 않는 강박 속에 살아왔던 것 같다. 그날 이후, 그녀가 내게 건넨 조언들을 하나씩 실천해보기로 했다.

① 쓸데없는 책임감을 '삭제'하는 연습을 해보기

② 혼자 다 해내지 말고, 누군가의 작은 도움이라도 기분 좋게 도움 받기

③ 모든 일에 최선을 다하려는 강박은 내려놓기

④ 때론 40%만 노력하고도 100%의 결과를 믿기

⑤ 낡은 OS처럼 작동하는 강박스러운 성실함을 과감히 폐기하기

⑥ 행복은 결과가 아니라 '몰입'에서 오는 것임을 기억하기.

나는 그 문장들을 노란 포스트잇에 꾹꾹 눌러 담고는 집안 곳곳에 붙여두었다.

"나의 속도대로 내 삶의 균형을 찾을 수 있을까?"

새로운 일은 언제나 노력이 필요하다. 이 변화도, 이 적응도, 꽤 많은 힘을 들여야 언젠가 비로소 나의 것이 되겠지.

그럼에도 불구하고, 나는 실패했다. 여전히 여러 역할 속 강박 속에서 달리고

또 달리다 몸이 조금씩 고장난 것이다. 번아웃도 함께 찾아왔다. 미국은 분명 나에게 새로운 기회의 땅이었지만, 동시에 그 선택에는 보이지 않는 희생과 양보, 책임과 포기가 뒤따랐다.

지금껏 내 삶에는 굳이 why라는 질문이 없었다. 나는 이유보다 마음을 따라가는 사람이었다. 당장 방법이 보이지 않더라도, 결과가 명확히 보이지 않아도, 하고 싶은 마음이 생기면, 의심하지 않고 곧장 뛰어들었다. 내 삶에 양보란 단어는 없었다. 불타오르는 욕구를 따라 곧장 실행으로 옮겼다. 그 아무리 태양처럼 뜨겁고 손바닥이 데일 것 같아도, 결코 놓지 않는 사람이 나였다. 뜨거운 줄 알면서도 끝까지 움켜쥐고 버티며 끝을 보려는 사람.

분명 살아가며 경험한 시행착오와 오류도 많았지만, 돌아보면 결코 이어지지 않을 것 같던 모든 선택들이 모여 지금의 나를 만든 건 확실했다. 그러니 나는 언제든지 나아가고 도전할 수 있는 사람이라 믿었다. 노빠꾸라는 내 인생에 망설임과 고민은 사치라 믿으며, Why가 없었다. 고민을 길게 붙잡지 않아도, 방향과 대략적인 그림만 있으면 그곳까지 향하는 길이 예상과 달라도 언제든 달릴 수 있는 슈퍼맨이라 생각했다. 그럼 나는 불필요한 고민에 쓰일 에너지를 아껴, 오롯이 앞으로 나아가는 데만 쏟아부을 수 있었다.

본능적으로 알고 있었다. 내게 일정 수준의 조건과 기한만 주어진다면 풀파워로 달릴 수 있다는 것을. 원하는 방향으로 과감하게 도전하다 보면 비록 계획과 다른 길이 펼쳐지더라도 새로운 문이 열릴 거라는 것을. 그리고 그 결과는 언제나 일이 되는 방식으로 나에게 돌아왔었다. 그러니 그 방식은 오랫동안 내 삶을 움직이는 원칙적인 메커니즘이었다. 그 리듬에 익숙했고, 실제로 가장 좋은 결과를 가져오는 방식이기도 했다. '할 수 있다'는 믿음이 생기면 불꽃같은 추진력으로 시동을 걸어, 거침없이 달려 가는 일. 그렇게 수많은 경험이 쌓이면서 '노빠꾸' 선택이 결코 무모하지 않다는 것을 배웠다.

반대로 그렇지 않은 일이라면 주저없이 과감히 멈추었다. 단순했다. 그러니 내 삶에는 처음부터 끝까지 치밀하게 설계된 목표나 계획 같은 건 없었다. 그저 '지금 이 순간 뜨겁게 몰입할 수 있는 일'을 찾아 몸을 던졌고, 그 몰입이 언제나 나를 이끌어 주었다.

더 이상 내 방식이 통하지 않는 곳

그렇게 미국은 완전히, 달랐다. 가까이는 비자 문제부터 멀리는 나를 이루는 사람들, 환경, 생활 방식까지 - 내가 통제할 수 있는 것이 단 하나도 없었다. 한국에선 10분이면 끝날 일을, 은행 계좌를 여는 일도 며칠씩 걸렸고 기본적인 행정 절차마저 복잡했고, 일상의 사소한 결정들조차 이곳에서는 모두 처음부터 다시 배워야 했다. 꼼꼼하게 세웠던 계획마저 외부 요인 하나에 쉽게 무너졌고 크고 작은 사고가 연속처럼 터지기 시작했다.

어릴 적 한때 꿈꾸던 삶은 대도시에서 일하며, 매달 출장을 다니는 그런 커리어우먼의 모습이었다. 다양한 배경의 사람들과 협업하며, 잦은 출장과 미팅을 하는 일. 분명 원했던 일이었지만, 집에 돌아오면, 공허했다. 무엇에서 비롯된 공허함인지는 정확히 알 수 없었지만, 적어도 내가 그려왔던 이미지와는 어긋나 있었다. 그 속에서 나는 처음으로 인정해야 했다. 내 방식은 더 이상 무적이 아니었다는 사실을.

이제 이곳에서의 삶은 나에게 아주 큰 제약으로 다가왔다. 무엇을 새로 시작

하는 것도, 무엇을 멈추는 것도 더이상 온전히 내 뜻대로 할 수 없었다. '시작을 시작하지 않는 도전', '멈추는 것을 멈추지 않는 도전'. 이제는 내가 한번도 시도해 본적 없는 방식을 내 삶에 적용해야 했다. 해보지 않은 모든 것들이 도전이라면 이건 나에게 처음 주어진, 완전히 새로운 형태의 도전이었다.

게다가 이제 나는 혼자가 아니었다. 두 사람이 같이 꾸려나가는 삶, 부부라는 새로운 형태의 삶이 내 앞에 놓여 있었다. 모든 선택은 더 이상 나 혼자만의 결정이 아니라 그와 함께하는 삶의 일부이기도 했다. 모든 선택에 있어 고려해야 할 조건도 책임도 이전보다 훨씬 많아졌다.

일을 해내는 나, 하루를 살아내는 나, 배우자로서의 나, 그리고 이방인으로서 처음 마주하는 낯선 나까지— 서로 다른 역할들이 한꺼번에 몰려와, 나는 그 어느 것도 정답이라 할만한 것에 가까워지지 못했다. 길을 잃은 이방인이 된 것 같았다.

"이 곳이 진짜 내게 기회의 공간이 맞나? 나는 이 곳에서 어떤 모습으로 살아가고 싶은 걸까?"

삶을 회복하는 힘

코로나로 인해 모든 것이 멈춰버린 싱가포르에 혼자 남겨졌던 때처럼, 다시한 번 불안이 최악으로 치달았다. 아무리 애써도 벗어날 수 없는 답답함, 나를지탱하던 방식이 더 이상 통하지 않는 무력감, 이상하리만큼 반복되는 무기력과 그로 인해 습관으로 자리잡은 주눅. 그렇게 시간의 재촉에 마구마구 끌려다니는 삶. 그 모든 감정이 겹겹이 쌓여 다시 한 번 나를 바닥으로 끌어내렸다. 하루의 행불행을 결정짓는 일 앞에서 완전히 주체성을 잃어버린 것이다.

'우울은 너무 잘 살고 싶어서 짓눌린 마음이에요.'

바닥이라 느낀 순간에서야 비로소 나는 다시 나를 돌아볼 수 있었다. 그렇게다시 매일의 기록이 시작되었다.

글을 쓰는건 정말 좋았다. 삶을 회복하는 힘 같은 것이랄까? 대단히 거창할필요도 없었다. 그저 머릿속을 휙 스쳐 지나가는 한 문장이라도 좋으니 그 솔직하고 날것의 생각을 있는 그대로 끄적였다. 그럼 나는 아주 조금이라도 내 삶을주체적으로 붙잡을 수 있었다. 나의 존재가 공허해지는 것 같은 불안, 나만 제자리에 멈춰 있는 것 같은 두려움이 이따금씩 나를 덮칠 때면 잠시 숨을 고르고글을 썼다. 흔들림 속에서 살아내기 위해 또 글을 썼다. 그렇게 불안과 무력감을한자 한자 언어로 정리해두면, 그것들은 더 이상 나를 흔드는 그림자가 아닌 내

일부가 되어갔다.

글을 쓰는 시간만큼은, 내가 진짜 나로 존재하는 순간이었다. 무의식 속에 가라앉아 있던 생각들이 문장으로 떠오르며, 그 속에서 나는 나 자신을 다시 발견했다. 글을 쓰는 동안은 더 이상 외로움의 시간이 아니었다. 나를 더 깊이 알아가는 시간이었다. 내가 나를 인지하기 시작하자, 보이지 않던 기회들이 다시 시야에 들어왔다. 새로운 가능성이 보였다. 나의 인식이 달라지니 이내 상황을 바라보는 눈도 바뀌었다. 그렇게 나는 다시 움직일 수 있었다.

그 시기 즈음, 남편이 내게 그랬다. 하루가 멀다하고 꿈을 외치는 세상에서 지금 당장은 꿈이 없는 것도 괜찮다고. 어떤 때에는 내 안의 열정이 불타오르다가, 또 어떤 때에는 금방 식어버리는 것도 모두 다 그 자체의 나일테니, 그런 나의 마음의 소리를 더 들어보라고. 불확실한 먼 미래에 잠기기보단 오늘은 현재에 더 집중해보는게 어떻겠냐며. 내가 나에게 무슨 이야기를 하고 있는지 귀 기울이며, 하루가 쌓이고 이틀이 쌓이고, 일주일이 되고 한달이 되고, 또 다른 일년이 되어 돌아보면, 생각보다 괜찮은 내가 그 자리에서 반갑게 인사해주고 있을 거라 했다. 그 말이 참 위로가 되었다. 모두가 아득한 꿈을 외치는 세상 속에서 또 다시 연약해질 때면, 오래된 서랍 속 반가운 편지처럼 오늘의 대화를 기억해야겠다.

다시 돌아온 뉴욕에서

다시 돌아온 뉴욕은 빛났다. 온전히 쉼을 받아들이고 난 뒤라서 그럴까? 아니면 나를 위한 시간에 더 몰입해서일까? 이유야 뭐가 되었든, 다시 마주한 뉴

욕은 전과는 확실히 다르게 느껴졌다. 물론, 내 마음가짐도 달라졌다. 돌아온 나는 매일의 내 기분을 더 세밀하게 살피며, 스스로의 행복을 찾아 나서는 일에 조금 더 몰입하기 시작했다. 좋은 사람들과 시간 내서 맛있는 음식을 먹고, 종종 아기자기한 소품샵에 들려 나를 위한 선물을 한다던지. 좋아하는 음악을 크게 듣고 집 근처 공원을 걷거나, 요가와 명상도 꾸준히 했다. 그렇게 나는 뉴욕 안에서도 언제든 나를 위해 찾을 수 있는 작은 습관과 아지트같은 공간들을 하나씩 마련해나갔다. 내일로 미루며, 안일하게 흘려보냈던 사소한 행복들에 대해서, 이제는 하나도 빼먹지 않고 소중히 여기는 연습을 했다. 거대한 행복을 한번에 붙잡으려 쫓기보다는, 작고 잦은 행복을 놓치지 않기 위해 나를 챙기는 일. 남의 행복을 찾아주거나 혹은 그들의 기분을 살피려 소진되던 이타심 대신 오롯이 내 마음을 보살피는데 쓰기로 했다. 그렇게 조금씩, 나의 중심도 찾아나가기 시작했다

04 서른을 맞이하며

서른이라는 숫자 앞에 서는 일이 조금은 무서웠다. 인생이 마치 20대를 정점으로 가장 강렬히 빛을 내다 조금씩 속도를 늦추며 사라지는 별이라 생각했던 걸까? 혹은 내가 생각하는 서른은, 진짜 어른의 모습에 가까워져야 될 것 같은데, 정작 나는 그 발끝만큼도 미치지 못한다고 생각해서 일까. 20대 끝자락에 미국에 터를 잡고, 낯선 땅에서 서른을 맞이하기까지의 시간을 되짚어 보니 아주 많은 기쁨과 아픔이 뒤섞인 시기였다. 반복되는 상처를 삼키며 쌓인 생채기들 틈새로 단단함도 자라났다.

그래서 서른에 대한 생각이 달라졌다. 30대의 나를 응원한다. 분명 황금기가 되었음 좋겠다. 20대의 나는 오랜 시간, 감정의 고동 속에서 어지러운 것들은 흘려 버리고, 좋은 것들로 살아내는 방법을 차곡차곡 쌓아왔던 시기였을테니. 서른의 나는 부디 조금 더 단단해지고 굳건해졌기를 바란다. 비좁은 틈과 얼룩 속에서 쉽게 눈에 띄지 않길 바라며 총총 걸음으로 조심했던 시기를 뒤로 한채, 있는 그대로의 나를 존중하고 안아줄 수 있는 단단함이 함께 하길.

나를 향한 애틋한 마음이 굴뚝같아서 그래. 그러니 나의 가치가 조금 더 발현될 수 있는 울타리 안에서 날아오르길. 그렇게 이 문단 하나를 쓰는데 한 글자 한 글자를 꾹꾹 눌러 온 마음을 가득 채워보았다. 넘쳐흐르는 이 마음을 이제는 다른 이들이 아닌 나에게 전한다. 그래, 그렇게 나를 더 안아줘야지. 기필코 아스팔트 사이에 피어오르는 풀꽃처럼 예쁘게 피어내고 봄이 되어보려고 서른에는.

다시 만난 친구들

같은 시기 싱가포르에서 스쳐 지나가듯 알게 되었던 동년배 친구들을, 뉴욕에서 다시 만나게 되었다. 그때는 잠깐 스친 인연 정도로 생각했었는데 또다시 마주하게 되다니. 마치 언젠가 다시 만나야 했던 운명이었던 건 아닐지. 인생의 비슷한 시기를 한국이 아닌 다른 공간에서 두 번이나 함께 머물렀다는 사실만으로도 서로에게 이미 충분한 공통 분모가 있었다.

뉴욕에서 다시 만난 우리는 많은 이야기를 나누었다. 마치 흩어져 있던 조각들이 한 데 모여 하나의 그림으로 맞춰지듯, 그 에너지가 한없이 예쁘고 빛났다. 20대 중반의 우리는 화려했고 또 누군가에게는 그 모습이 멋있어 보였을지도 모르겠다. 아시아 중심인 싱가포르에서 터를 잡고 일한다는건, 그만큼 제한된 기회를 뚫고 더 많은 경험과 넓은 무대 위에서 춤을 추고 있단 의미일테니. 실제로도 그 시기에 놀라울 만큼 멋진 또래 친구들을 많이 만났다. 친구들을 보며 매 순간 좋은 영감과 자극을 받았고, 나 역시 더 좋은 사람이 되고 싶었다.

20대 끝자락에 뉴욕에서 다시 만난 우리는 조금 더 겸손해졌고 노련해졌으며, 삶에 대한 고민이 더 많이 베어있었다. 각자의 아픔과 회복의 시기를 지나며, 더 성숙해져 있었고 그렇기에 더 마음껏 웃을 수 있었다. 가식 하나 없이 있는 그대로의 마음을 꺼내놓는 것도 가능했다.

"30대 초반에 우리는 어디서 무엇을 하며 머무르고 있을까?"

여전히 잘 모르겠다. 다만 한 가지 확실한 건, 20대 중반의 우리가 싱가포르에 있을지 몰랐던 것처럼, 30대 초반의 우리도, 어쩌면 또 같은, 혹은 지구 반대편의 전혀 다른 곳에서 머물며 최선을 다해 삶을 살아가고 있을 것이다. 그런 나도, 당신도 진심으로 응원한다.

Lucky to have Kelly

가을 단풍을 보러 메인 주에 있는 아카디아 국립공원으로 향하는 차 안이었다. 한 친구가 남편에게 물었다.

"뉴욕에 오기 전에는 어떤 삶을 살았어? 그리고 그 과정에서 얻은 건 뭐야?"

"돌아보면 많은 게 계획대로 흘러가지 않았고, 바뀐 것도 많았어. 그런데 아마 원하는대로 흘러왔더라면, 나는 캘리를 만나지 못했을 거야."

"You are so lucky to have Kelly."

나는 말없이 창밖만 멍하니 바라봤다. 눈물이 찔끔 맺혔다.

나 역시 그 어려운 길을 함께 걸어온 것도, 새로운 길을 모색하며 다시 일어설 수 있었던 것도 모두 남편이 옆에 있었기에 가능했다. 살아가며 우리는 생각보다 많은 것이 필요하다 믿지만, 사실 대부분의 문제는 '같이'라는 가치 하나만으로 충분한 건 아닐지.

인생은 언제나 예측 불가능하다. 원하는 대로 흘러가지 않을 때가 더 많을 것이다. 하지만 확실한 건, 그 불확실 속에서도 사랑하는 이가 언제나 곁을 지켜주고 함께 걸어주었기에 흔들릴 때마다 다시 중심을 찾아 일어날 수 있었다는 점. 우리가 걸어온 모든 길과 선택들이 결국 이 자리로 이어졌음을, 단풍이 흩날리는 창밖을 바라보며 실감했다.

새로운 도전

살아가면서 너무 늦거나 이른건 없단다. 너는 뭐든지 될 수 있어 - 꿈을 이루는데 시간 제한은 없단다. - 벤자민의 시간은 거꾸로 간다 영화에서 -

쉼을 마치고 돌아온 나의 미국 생활에 선택지가 그리 많지 않았다. 어느 쪽을 택해도 쉽지 않을 게 분명했다. 이래도 힘들고, 저래도 어려운 거라면, 차라리 가장 큰 도전을 해야겠다는 생각이 들었다. 이게 아니면 더 나은 무언가가 나를 기다리고 있는 것도 아니었다.

"회사로부터 독립"

그렇게 막연한 단어로만 존재하던 선택이 현실이 되었다. 그것도 미국에서.

미국에 온 지 1년 남짓된 나는 여전히 완전한 이방인이었고, 그래서 잃을 것도 가진 것도 많지 않았다.

물론, 돌아보면 살면서 그렇게 많은 선택지가 필요한 것도 아니었다. 결국 필요한 건 단 하나의 자리이니까.

무언가를 시작하기에 좋은 때라는 것도 애초에 존재하지 않았다. 그저 마음이 원할 때 시작하면 되는 거였다. 기회를 기다리기보다, 지금 바로 할 수 있는 것부터 작게 시작해보기로 했다. 용감한 사람은 두려움이 없는 사람이 아니라, 두려움에도 불구하고 행동하는 사람이라는 말을 그때서야 조금 이해하게 되었다.

물론 낯설고 많이 무서웠다. 그러나 불안이 뒤엉켜 있음에도 그 생경한 감각이 이상하게도 나를 또 다른 새로운 문 앞으로 데려다주었다. AI와 소비자 기술이 만나는 지점에서의 경험들, 여러 도메인을 넘나들며 쌓아온 시간들이 느슨하게 연결되기 시작했다. 이제는 '더 나은 선택'을 찾기보다, '나의 선택'을 하고 싶어졌다. 그렇게 나는 예상치 못한 시기에, 예상치 못한 방식으로 새로운 문을 열었다.

05 회복탄력성

누군가 말했다. 회복탄력성이란 그저 버티는 게 아니라고. 오히려 내가 부서졌음을 인정하고, 그 조각들을 하나씩 주워 담아 다시 나를 세우는 과정이라고. 상처를 외면하지 않을 때, 삶은 더욱 농밀해진다고.

맞는 말이다. 나는 곧, 또 이런 어려움에서 쉽게 벗어나지 못하고, (아니 때로는 오래 머물며) 자주 아파하겠지. 하지만 그마저도 지금의 나를 이루는 가장 나다운 모습이라고 믿고 싶다. 흔들리고, 부서져도 다시 살아내는 모든 순간이 앞으로 나아가게 해주는 힘이 되어줄거라고.

"뉴욕이라는 도시는 어떤 개인을 망가뜨릴 수도, 행운이 따르기만 한다면, 성취감을 줄 수도 있다. 스스로 이런 행운을 기꺼이 받아들일 준비가 되어있는 사람만 뉴욕에 와야한다."

(E.B. White - Here is New York, Little Bookroom, 2000)

그렇지, 뉴욕은 그런 도시지. 나를 시험하고 때로는 무너뜨리지만, 끝내 다시 일어서게 만드는 도시. 발을 디딛는 이 곳이 내 꿈의 크기이자 세상이라면, 그 행운 내가 한번 도전해볼게.

마지막으로 당신에게도 이 말을 꼭 전하고 싶다. 포기하고 싶은 마음을 수없이 마주하면서도 다시 일어서는 당신이 정말 자랑스럽다. 누구도 모를 자리에서 감당해내야 했던 어려움과 슬픔 속에서도 여전히 성실하게, 진심으로 삶을 살아내는 그 모습이 정말 자랑스럽다.

불안을 뚫고, 마음을 들여다보며, 아주 조금씩이라도 앞으로 나아가는 일. 그 자체만으로도 충분히 멋진 일이라고 말해주고 싶다. 지금 이 순간을 충실히 버텨내며 살아가는 그 자체가 이미 값진 도전이니까. 현재의 삶에서 끊임없이 자신을 찾고, 언젠가 스스로를 증명해낼 그 날까지, 그 모든 과정이 의미있고 가치있다. 앞으로도 우리는 도전하는 사람으로 남을 것이다. 완벽하지 않아도, 흔들리더라도, 멈추지 않고 자기 속도로 걸어가는 사람으로.

계속 쓰는 삶에 대하여

앞으로도 꾸준히 글을 써야겠다. 글을 쓰는 건 나를 계속 인지하는 일이며, 그 자체만으로도 나를 더 잘 살게 하는 일이니까. 쓰는 동안 나는 분명 살아 있었다. 무너진 날도, 흔들린 밤도 결국 글을 쓰며 나로 돌아왔다.

그래서 나는 오늘도, 그리고 내일도 계속 쓸 것이다. 삶이 무너질 때마다 쓰며 다시 일어설 것이다.

주어진 현재의 감정을 귀하게 여기며, 불필요한 감정들은 조금씩 걷어내고 매 순간 지금에 더 깊이 머무르며, 삶을 사랑으로 대하는 사람으로, 천천히 익어가면서.

부족하면 뭐 어때. 죄다 그럴듯하지 못한 것들만 완성해내던 시절이 있었지만, 오히려 어설픈 시간들을 연습 삼아 끈기를 단련시킬 수 있었다. 망친 줄 알았던 순간들이 오히려 나를 다져준 것이다. 완벽하지 않아도 괜찮다는 것을 이제는 안다. 삶이란 애초에 미숙함이 빚어낸 오묘한 조합일테니.

어떤 날은 별다른 성취 없이 지나갈 것이고, 또 어떤 날은 뜻밖의 한마디에 마음이 다시 와르르 무너질테다. 매일 같은 실패가 반복되는 것처럼 느껴도, 하루씩 더 살아내다보면, 어느 날 문득 나를 기꺼이 웃게 하는 것들이 나타날 것이다.

　미국은 이처럼 내게 새로운 방식의 삶을 가르쳐주었다.

　노빠꾸로 달려오던 내 인생에서, 이제는 현실의 벽 앞에서 매일을 버텨내는 일이 얼마나 치열한지, 그리고 동시에 인생의 무게를 근사하게 견디는 일만큼이나, 가끔은 짐을 내려놓고 빈손으로 가벼워질 줄 아는 사람이 얼마나 우아한지도 알려주었다.

　먼 훗날 이 시간을 다시 떠올리게 되었을 때, 이렇게 말하는 나를 마주할 수 있기를 기대해본다.

　모든 흔들림과 뒷걸음질마저도 전부 그럴듯한 비행이었다고. 그 비행 속에서 나는 현실을 배웠고, 그 덕분에 내 방식대로 나만의 방향을 찾아 천천히 날아오를 수 있었다고.

여전히 적응 중

　"이제 괜찮아, 나 적응 다했어." 라고 자랑스럽게 말 할 수 있는 날이 오긴 할까? 솔직히 잘 모르겠다. 어쩌면 나는 영원히 뉴욕이라는 도시에서 이방인으로 남게 될지도 모르겠단 생각이 들었다. 어떤 날의 뉴욕은 눈이 부시도록 빛났지만, 또 어떤 날의 뉴욕은, 당장이라도 비행기를 끊어 도망치고 싶을만큼 버거웠다. 길거리 한복판에 주저앉아 울고 싶던 날도 하루 이틀이 아니었다.

　그렇다고 내가 서울로 돌아가고 싶은 것도 아니다. 서울도 내게 정답은 아니었으니까. 하지만 서울을 떠나고 나서야 알았다. 내게 서울은, 언제나 돌아보면 가슴이 먼저 저릿해지는 첫사랑 같은 도시였다는 걸.

작년 5월, 홀로 짧게 서울 출장을 다녀왔다. 짧은 일정이었지만, 일을 마치고 난 뒤 혼자 걸었던 그 늦은 저녁의 서울 거리가 아직도 눈에 선하다. 한없이 빛났고 여전히 나를 옴짝달싹 그곳에 머물게 했다.

나의 20대를 함께 보낸 도시, 서울. 때로는 너무 벅차 미울 때도 있었지만, 돌아보니 그 곳은 사랑이었다. 떠난 뒤에야 알게 되는 것들이 있다. 서울이란 도시에서 내가 진짜로 그리워했던 건 그 도시의 화려함 만큼이나 치열하게 살았던 그 시절의 나 였을지도.

특정 도시가 누군가에게 정답이 될 순 없다. 모두에게 똑같이 주어지는 정답 같은 삶이란 없으니까. 어떤 이는 서울에서만 느낄 수 있는 속도와 에너지 속에서 자신만의 방식으로 길을 만들고, 또 어떤 이는 멀리 떠나 새로운 땅에서 또 다른 근육을 키워낸다. 결국 중요한 건 어디에 있느냐 보다, 어떤 마음으로 오늘을 살아가는 지가 아닐까?

그러니 어떻게든 오늘 하루를 잘 살아내려고 버텨낸 당신이 멋지다. 때로는 무너지고 멀쩡하지 않아도 괜찮다. (나도 거의 매일 그렇다) 그런 하루를 보내고 나면, 또다시 잘 살아보고 싶다는 마음 하나로 버텨내는 날도 찾아오지 않던가. 그러니 묵묵히, 때로는 조금 비틀거리더라도 우리 함께 앞으로 나아가 보자고, 전하고 싶었다.

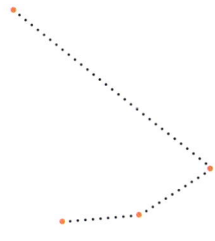

01 떠나지 못하는 도시

샌프란시스코는 내게 첫사랑 같은 도시다. 홀로 떠난 첫 미국 여행지가 샌프란시스코이기도 했고. 좋은 기억만 남은 건 아니었지만, 그래도 내게 이 곳은 오래도록 기억하고 싶은 애증의 도시이다. (이러고 또 나는 어느 순간 샌프란시스코에 살고 있을지도 모른다.)

무지개처럼 다채로운 색깔과 감정을 가진 곳. 열정의 빨간색 부터 보라색의 깊은 우울과 짙은 그림자도 가진 곳. 그러나 시간이 흘러 이 곳에 머물던 시절의 사진과 일기들을 다시 들춰볼때면, 모든 힘들었던 순간마저 아련하게 미화되어 떠올랐다.

미국으로 이주한 뒤, 당시 재직하던 회사가 실리콘밸리에 있어 샌프란시스코와 남편이 있는 뉴욕을 오가며 지냈다. 한

달의 2~3주는 샌프란시스코에서 나머지 시간은 뉴욕에서 지내는 생활이었다. 그니까 두 도시 모두 머물거나 떠돌다에 가까웠다.

샌프란시스코에서의 삶은 매일이 기대 이상으로 새로웠다. 기술과 속도, 열정과 야망이 끓어 공존하는 곳. 함께 일하던 팀도 그 분위기와 닮아 있었다. 모두가 새벽까지 업무가 이어지면 소파에 그대로 쓰러질 만큼 지치기도 했지만 버겁기만 하지는 않았다.

특히 제품 출시를 앞두고 한국에서 출장 온 엔지니어분들과 함께하던 날이 기억에 남는다. 늦은 시간까지 몰아치듯 일하는 뒤에는 함께 야식을 나눠 먹으며 화이트보드 앞에 서서 그날의 난제들을 정리하곤 했다. 그렇게 머리를 맞대다 보면 새로운 아이디어들이 툭툭 터져 나왔다. 그 열정과 에너지가 참 좋았다.

미 동부와 서부의 시차 상 나보다 항상 먼저 잠이 드는 남편은, 잠들기 전 항상 내게 응원의 메세지를 보내주었다.

"힘내. 나 여기서 기다리고 있어."

그 한마디가 하루 하루를 버티게 했다.

여전히 영어로만 이루어지는 회의는 어색함 투성이다. 유머코드를 놓쳐 어색하게 웃거나 미묘한 뉘앙스를 이해하지 못해 머뭇거리던 날도 많았다. 모국어만큼 편하지 않은 영어에, 머릿속에서 결론이 완벽하게 정리되기 전까진 말을 꺼내지 않는다거나, 준비한 문장들만 잔뜩 나열해 양으로 밀어붙이는 날도 많았다. 미팅이 있는 날이면 하나부터 열까지 나올 수 있는 모든 경우의 수의 답변을 준비하여 참여하곤 했다.

서툼의 순간들이 차곡차곡 쌓이면서 나를 조금씩 만들어갔다. 생존이자 성장의 과정이었다.

01 숨을 고르던 여름

2024년 여름, 시애틀로 출장을 왔다. 여름의 시애틀은 소문대로 날씨가 정말 좋았다. 멋진 팀분들과 즐거운 마음으로 출장 일정을 소화했던 기억 덕분인지, 그 이후로 시애틀은 내게 '언젠가 다시 또 오고 싶은 도시'로 자리 잡았다. 그런 시애틀에서 날씨 좋은 여름에 다시 살아볼 수 있다면 그 또한 낭만일 거라고 생각했다.

미국에 온지 9개월이 되어갈 무렵, 남편의 좋은 기회로 3개월간 우리는 시애틀에 머무를 수 있게 되었다. 남편과 다시 온 시애틀은 정말 반가웠다. 여름 냄새 또한 가득했다.

그 당시 시애틀을 떠올려보자면, 그곳은 나에게 안전망 같은 도시였다. 다른 도시에서 출장을 갔다 돌아오면 남편이 기다리고 있는 곳. 동시에 앞으로의 삶의 방향성에 대해서도 오래 고민하고 결정을 내렸던 시간들이 담긴 도시이기도 했다. 마음도 공기도 턱, 숨이 막힐 만큼 뜨겁고 무거웠던 뉴욕의 여름을 잠시 벗어나, 푸른 여름의 시애틀에 머물 수 있어 참 다행이었다.

빛나는 사람들 앞에서

그 시절 나는 스스로에게 수없이 물어보았다.

"어떻게 살고 싶은지, 무엇을 할 때 가슴이 뛰는지. 내가 잘하는 일은 무엇인지, 어떤 순간에 내가 가치있다고 느껴지는지, 그리고 지금의 내 모습이 마음에 드는지."

그러던 어느 여름 날, 모든 구성원의 눈이 반짝거리는 한 스타트업 팀의 오피스에 초대를 받아 방문했다. 8명 남짓의 작은 팀이었지만, 팀원 모두가 회사의 제품에 대해 뜨거운 자부심을 품고 있었다. 또 그들이 만드는 제품이 앞으로 바꿔놓을 미래에 대한 확신도 컸다. 매일 고객을 만나 대화를 나누는 모든 순간이 행복하다고 했다. 신이 나서 잠도 오지 않고 아침이 밝으면 다시 그 일을 할 수 있다는 생각만으로 눈이 번쩍 떠질만큼 설렌다고.

"새로운 미션을 계속 깨고 싶을 만큼 어렵지만 신나는 도전이란 뭘까?"

그 날 밤 반짝이는 두 눈으로 자신의 일을 이야기하던 그들의 모습이 오래도록 내 마음을 흔들었다. 말끝마다 배어있던 그들의 열정이 너무도 아름다워 온 밤을 설쳤다. 부러웠다. 돌아보면 그 때의 나는 그들처럼 환하게 빛나지 못했다. 스스로 무엇을 가장 하고 싶은지조차 명확히 알지 못했고, 부족함도 많았다.

오랜 혼란과 잦은 눈물 끝에 단순한 결론 하나에 도달했다. 단 하루를 보내도 하고 싶은 일을 하며, 행복해야 한단 거다. 한시간도 마음 아파 뒤척이는 내 모습을 더 이상 볼 수 없었다. 불편한 시간을 버텨 보려 마음 졸이고, 또 다시 무너질까 안간힘을 써보는 내 모습이 안쓰럽고 또 미웠다. 그 모습을 더 이상 외면할 수 없었다.

02 삶의 기준을 다시 쓰다

그래서 삶의 기준을 새롭게 적어 내려가기 시작했다.

보고싶은 이를 마음껏 볼 수 있는 여유 필요하다면 언제든 한 발 물러설 수 있는 자유. 나를 소모시키는 상황 앞에서 과감하게 돌아설 줄 아는 용기 그리고 무엇보다 어느 순간에도 나의 안녕을 가장 바랐다.

그렇게 나는 조금씩, 내가 어떤 삶을 살아가고 싶은지 알아갔다. 결국 나는 시애틀에서 3개월의 쉼을 선택했다. 숨을 고를 수 있는 시간, 그리고 다시 앞으로 잘 걸어가기 위해 필요했던 멈춤이었다.

쉼에도 연습이 필요하지

그토록 바라던 쉼이었는데, 막상 닥치니 어색했다. 휴직을 하는 나는 여전히 업무 채널에 머물러 있었고, 지나쳐도 될 아주 작은 것들까지 기어코 부둥켜안고는 그 어느 것도 놓아 주지 못했다. 마치 고장난 기계 같았다. 신경쓰지 않아도 될 것에 온 마음과 눈길이 향하는 걸 보니 애정이 깊었나보다. 미국에서 보낸 시간 중 가장 많은 시간을 쏟아 부었던 만큼, 마음 한 뭉텅이를 통째로 떼어낸 듯한 허전함이 남았다. 쉼 앞에서조차 한참을 망설이는 나였다.

그런 나를, 남편을 비롯한 친구들이 여러 방면에서 붙들어주었다. 잠시라도 생각이 텅 비지 않도록, 억지로라도 다른 데 마음이 쏠리도록, 좋은 곳을 데려가 준다거나, 함께 웃을 만한 것들을 계속하여 찾아주었다. 어떻게 쉼을 맞이해야 나를 잃지 않을 수 있을지에 대하여, 그들은 끊임없이 다정한 조언을 건네주었다.

나라면 맥없이 포기했을 것 같은 순간에도 매번 영리하고 유연하게 생각할 줄 아는 사람들이 부러웠다. 적당히 자신의 의견을 피력하고 너그러움을 잃지 않는 사람들. 그 때 나는 그러지 못했다. 억지로라도 배워야했다.

그렇게 시애틀에서 쉼을 연습하기 시작했다. 가장 도움이 되었던 건 요가와 명상이었다. 시애틀에는 뉴욕보다 규모는 조금 작지만 좋은 요가 수업들이 많았다. 나는 요가를 통해 마음을 다스리고 나를 돌보는 연습을 했다. 특히 사운드 베스에 주기적으로 참여했다. 모든 생각을 잠시 내려놓고 누워있는 그 시간을 통해, 온갖 걱정과 불안들을 잠시라도 비워낼 수 있었다. 그렇게 비워낸 자리에는 조금씩 새로운 힘이 들어찼다. 예를 들면 달갑지 않은 상황들에도 웃어 넘기며 친절하게 응할 수 있는 단단함이나 유쾌하지 않은 것들에 대해 단호하게 거절 할 수 있는 용기같은 것들.

비워낸 자리에서 자라는 것들

그럼에도 여전히 나의 감정선은 자주 오르내렸다. 요가를 마치고 집으로 돌아오는 길, 유난히 날씨가 좋으면, 그 날은 무엇이든 할 수 있을 것처럼 자신감이 하늘을 찔렀다. 그러다 단 하나라도 예측할 수 없는 변수가 다시 내 일상에 찾아오면, 한없이 작아져 바로 의기소침해졌다.

항상 행복할 것만 같은 날들이 이어지다가도, 늘 행복할 수만은 없다는 사실도 배워갔다. 그 시간 동안 내가 깨달은 건, 이 세상 거의 모든 걸 내가 간절히 원하면 해낼 수 있다는 것과 동시에 감히 모든 걸 할 수 없다는 것. 이 상반된 사실이 완벽하지 않은 세상에서 완벽하지 않은 나로 살아도 괜찮다며 위로를 주는 것 같았다.

그렇게 시간은 나를 조금 더 겸손하게 만들었고, 내가 잘하고 좋아하는 있을 하는 것이 얼마나 큰 축복인지 새삼 느끼게 했다. 주어진 하루하루가 선물처럼 여겨지기 시작한 것도 그즈음이었다.

레이니어 산 앞에서

이제 시애틀을 떠날 때가 되었다. 처음에는 3개월이란 시간이 그리 길지 않은 시간이라 생각했었는데 막상 짐을 싸보니, 그 사이 짐은 참 많이 늘었다. 뉴욕으로 돌아갈 준비를 하던 즈음, 시댁 부모님께서 퇴직 여행을 기념해 시애틀에 방문하셨다.

8월 중순, 우리는 함께 시애틀 생활을 마무리하는 의미로 근교 국립공원들을 찾아 다녔다. 그중에서도 가장 기억에 남는 곳은 단연 레이니어 국립공원이었다. 우리가 머물던 시애틀 집 발코니에서는 그 산이 늘 희미하게 보였다. 근데 3개월만에 이렇게 직접 마주하다니. 숨이 멎을 만큼 아름답고 경이로웠다.

킬리만자로 산 정상에서 하늘을 내려다보던 어느 아침의 장면과 겹쳐졌다. 언제나 그랬듯, 익숙했던 일상에서 한 발짝 멀어져 돌아보면, 새로운 감정과 질문들이 한꺼번에 나를 찾아왔다. 능선 위로 스치는 바람, 설원 아래 잔뜩 숨어

있는 짙은 녹음, 가까워졌다 다시 멀어지는 거대한 산을 바라보고 있
자니, 마음도 한껏 편안해졌다. 신이나면 말이 많아지는 나는 남편의
손을 잡고 거닐며 실없는 이야기를 이어갔다. 그곳에서 우리는 아이
처럼 해맑게 웃었다.

바위 틈을 비집고 피어난 아주 작은 들꽃 하나를 바라보다 문득 생
각했다.

"이렇게 작은 존재가 이토록 사랑스럽고 대견하게 느껴지다니,
나, 참 많이 단단해졌구나."

불가능해보이는 자리에서도 삶은 조용히 이어지고 있었다. 사실
그 꽃은 늘 그 자리에 있었을텐데, 이전의 나는 그것을 미처 보지 못
했다. 그 시간은 내가 불안을 전혀 다른 각도로 바라보도록 만들어준
순간이기도 했다. 불안이 잦아든 자리에는 비로소 '예쁜 것은 더 예쁘
게' 바라보는 시선이 자랐다. 평소라면 그냥 지나쳤을 평범한 것들까
지도 하나둘 사랑스러움으로 번졌다.

"아, 결국 세상을 바꾸는 건 내 마음이구나."

내가 평온한 마음으로 세상을 바라보면, 산은 산으로, 하늘은 하늘
로 그 자리에서 우뚝 서 나를 위로했다.

결국 불안은 불안으로 끝나지 않는다는 것도 알게 되었다. 불안을
깊이 겪어본 사람에게는 그만큼 깊은 위로라는 선물이 남는 다는 것.
우울과 슬픔을 지나온 사람이 더 크게 기뻐할 수 있는것 처럼 말이다.
돌이켜보면 그 시간들은 모두 긴 터널을 지나는 과정이었다. 동굴이
아니라 분명 출구가 있는 터널. 잠시 어둠 속을 지나가면, 결국 다시

빛이 있는 밝은 세상이 나온다. 이 어둠이 영원하지는 않다는 걸, 그리고 그 끝에서 다시 밝은 세상이 우리를 맞이해줄 거라는 것을 이제는 안다.

03 다시, 불안이란?

불안은 끝나는 게 아니다. 어떤 날에 불안은 독특함이 되고, 어떤 날에 불안은 위기가 되었으며, 또 어떤 날에 불안은 기회가 되었다. 내가 여러 나라를 떠돌고, 새로운 삶을 꾸리고, 끝없이 움직이려 했던 것 역시, 어쩌면 불안을 견디기 위한 나만의 방식이었는지도 모르겠다. 세계 곳곳에 남겼던 발자국들이 사실은 불안의 흔적들이었다는 걸, 이제는 안다. 돌아보니, 그 불안 덕분에 내가 지금 여기에 있다.

나는 늘 같은 자리에 머무는 것이 불안했다. 나를 새로운 세상 속으로 옮겨놓지 않으면 내가 추구하는 삶이 멈춰버릴까 봐, 더 이상 도전하지 못하게 될까 봐, 혹은 사랑하는 사람과 함께하지 못할까 봐. 그래서 나는 불안해서 움직이는 사람이자 사랑해서 움직이는 사람이었다.

지구가 둥근 것처럼, 내 삶도 빙글 빙글 돌며, 나를 다시 본래 자리로 데려다 놓았다. 어떤 순간에는 불안을 정면으로 마주하며 버텼고, 또 어떤 순간에는, (그땐 몰랐지만 지나고 나서 돌아보니) 시간이 흐른 뒤에야 그것이 비로소 불안이었음을 깨닫고 '불안'이라 이름을 붙인 날도 있었다.

불안은 끝내야 하는 대상이 아니었다. 어느 날의 불안은 오히려 위로가 되었고, 슬픔은 기쁨이 되었으며, 도전은 내가 끝까지 지켜야 할 것이 무엇인지를 알려주는 과정이었다.

그렇게 본래의 방향을 따라 걸었더니, 어느덧 나에게도 위로가 찾아왔다. 아니, 어쩌면 그 자리에서 더 기쁜 마음으로 나를 기다리고 있었는지도 모르겠다.

불안은 앞으로도 중력처럼 내 곁을 머물겠지. 그러나 이제는 안다. 눈에 보이는 불안만이 전부가 아니라는 걸. 기쁜 순간도, 어려운 순간도, 비슷한 상황이 반복되는 건 결국 내가 계속 도전하고 있기 때문이란걸. 언제나 '부딪히고 도전한다'는 사실은 내게 변하지 않는 사실이니까. 불안할 때도, 사랑할 때도, 결국 나는 또 다시 부딪히고 도전했다. 그게 나의 본능이자, 내 삶이 작동하는 방식이었다.

시애틀에서 다시 뉴욕으로

돌아보니 시애틀은 참 애틋한 도시였다. 그곳에서 보낸 시간이 있었기에 뉴욕이 왜 그토록 내게 어려웠는지, 또 한편으로는 그렇게 뉴욕을 미워하면서도 이토록 사랑했었는지 알아갈 수 있었다. 뉴욕을 향한 마음을 애증이라 한다면, 애보다는 '증'에 더 가까웠다. 이유는 잘 모르겠다. 삶이 영 퍽퍽해서? 숨이 막힐 만큼 불안했고 끝없이 나를 시험하는 공간처럼 느껴졌으니까.

하지만 시애틀에서의 시간이 있어, 뉴욕을 조금 더 사랑으로 품을 수 있게 되었다. 그래서 내게 시애틀은 '내가 숨을 고를 수 있게 해준 도시'이자, '삶을 다시 바라보게 해준 오랜 울타리'로 오래도록 남아 있을 것이다.

이제 다시 뉴욕으로 돌아간다. 어떤 뉴욕이 다시 나를 맞이하고 있을까? 돌아간 뉴욕은, 조금 더 행복하고 다채로운 시간들이 함께 하길. 이제는 내가 그 도시를 마음껏 사랑할 준비가 된 것 같다.

에필로그

여전히 여행하고 있습니다

"나의 이 생각을 어떤 단어로 모아 표현할 수 있을까?"

지난 세 계절동안, 나는 이 세상에 존재하는 단어들을 최대한 동원하여 나의 감정선을 아주 촘촘히 그리고 구체적으로 그려냈다. 그 시간은 온전히 나를 위한 시간이었다.

나는 나를 좀 더 이해할 수 있었고, 스스로에게 더 솔직해질 수 있었다. 마치 나와의 연결이자 세상과의 연결을 복원하는 일이기도 했다

우리의 호흡이 만나는 지점

"뻘에 물이 차고 빠지는 이유는 물의 의지가 아니라 달이 지구를 돌면서 인력으로 물을 끌어당기기 때문이야. 가끔은 내 의지대로 사는 게 아니야. 대신, 밀물과 썰물을 잘 타면서 그 변화에 녹아 사는 법을 배울 수 있어.

난 네가 걱정되지 않아. 넌 스스로 헤엄치는 법을 아는 사람이니까. 멀리 가지 않아도 돼. 가끔은 그저 둥둥 떠 있어도 길을 잠시 잃더라도, 언제든 다시 시작하고 나아갈 수 있는 사람이잖아. 높은 파도가 아닌 적당한 진동으로 조절하는 연습을 하면서. 그러니 힘들면 말해. 혼자 참지말고."

"세계 50개국을 다니며, 굳센 사람일 줄 알았는데 작은 체구에 그 많은 책임과 짐을 안고, 살아오셨네요. 고생했어요. 꿋꿋하게 맞이하는 모습이 믿음직하기도 하고요. 세상에 모든 것이 저절로 이루어지지는 않을 테니, 분명 좋은 날들이 올 거예요."

뉴욕에서 만난 한 회장님도 내게 말씀을 건네주셨다. 그 말들이 이 글을 쓰는 내내 큰 위로가 되어주었다.

플랜 A가 아니어도 괜찮은 삶

돌아보면 20대의 나는 계획대로 된 것이 단 하나도 없었다.

무엇이 대체 잘못된 걸까 매번 불안에 잠식되듯 고통스러운 시기를 지나면, 어느 날 갑자기 계획에도 없던 전혀 다른 옆의 문이 열리곤 했다. 그 새로운 문을 출발점으로 다시 새로운 계획을 세우다 보면 또 다시 새로운 문이 열렸다. 계획과는 전혀 다른 문.

하지만 (시간이 지나고 보니) 이상하리만치 더 좋은 길들을 마주하며 여기까지 왔다. 멈추지 않았던 덕분에 그 옆의 문들을 발견할 수 있었다. 결국 나는 멈추지 않는 사람이었다.

많은 사람들이 미국을 기회의 땅, 아메리칸 드림이라 부른다. 실제로 살아보니 그 말이 얼추 맞았다. 스스로 기회를 만들어나간다면, 기회의 상방은 끝없이 열려있었다.

그러나 그 모든 가능성의 이면에서, 나에게 미국은 철저히 생존이었다. 살아남기 위해, 적응하기 위해 매순간 긴장했고, 멈추면 안 된다며 압박이 나를 끝없이 밀어붙였다. 마치 아직 새 것을 담을 준비도 되지 않는 그릇에 자꾸 더 많은 것을 담아내야된다며 등을 떠미는 기분이랄까.

살아남기 위해 끊임없이 나를 밀어붙이는 거대한 러닝머신. 그 러닝머신의 속도는 끝없이 높아졌고, 나는 꽤 자주 넘어지거나 숨이 차 주저앉았다. 당연하다 느꼈던 것들이 더 이상 그 어느 것도 작동하지 않는 곳에서 나는 자주 흔들렸고, 그 흔들림은 오래도록 불안으로 남았다. 잘한 것도 못한 것도 오롯이 나에게 귀속되는 그 곳에서 나는 모든 것을 다시 맞춰야했다.

그러다 이따금씩 미국은 나에게 뜻밖의 기회와 인연을 선물했다. 그 덕분에 나는 압축적으로 성장했다. 부딪히지 않았다면 몰랐을 내 모습도 마주할 수 있었다. 모순적이게도, 불안이 내 시야를 마구 흔들어야만 오히려 또렷해지는 것들이 있다는 것도 알게 되었다.

결국 나는 플랜 A가 아닌 플랜 B와 플랜 C로 여기까지 왔다. 가려던 문이 닫혀 있으면 옆의 문을 열었고, 다시 또 막히면 열려있는 더 멀리 있는 문을 찾아갔다. 빙빙 돌아가더라도, 혹은 전혀 예측하지 못한 형태로 흘러가더라도, 결국은 오래전부터 마음속에 그리던 미래에 닿으리라는, 막연한 확신도 생겼다. 내일의 마중을 지레 겁먹고 미룰 이유가 없다는 것을. 내일의 마중을 머뭇거리기엔 아직 나에게 남은 기쁨이 많다는 걸.

계획대로 흘러가지 않는 우리네의 삶에서도 묵묵히 흔들리고 다시 살아내다보면 새로운 옆문이 또 열릴거다. 예측하지 못했던 기회가 지금의 나를 뉴욕으로 데려다준 것처럼.

그리하여 지금, 이 책을 쓰는 이유

내게 글을 쓰는 일은 곧 회복이었다. 유난히 매서운 추위가 몰아치던 지난 해 12월부터, 나는 글을 쓰기 시작했다. 내 쓸모를 고민할때마다, 외롭고 흔들릴 때마다 잃지 않기 위해, 혹은 이따금씩 찾아오는 행복을 조금이라도 더 붙잡아 두기 위해, 글을 쓰면 나는 다시 일어날수 있었다.

오늘 하루도 나를 살게 해준 사람들에게 감사의 마음을 전한다. 내 글을 오래 읽어준 나의 오랜 블로그 독자들, 나의 남편, 나의 가족, 나의 친구들.

부족한 나에게 무한한 애정을 보내주며, 어리고도 부스러질 것 같은 마음 위에 귀한 마음을 한 스푼 더 얹어 돌려주신 그 응원들이 있었기에, 나는 이 시간 동안 나 자신을 발견하고 조금 더 사랑할 수 있게 되었다.

내 안의 진짜 이야기를 꺼낼 수 있도록 묵묵히 지켜봐 주신 편집장님이 아니었다면 이 여정은 훨씬 더 외롭고 버거웠을 것이다. 한 사람의 내면에서 시작된 생각이, 책이라는 새로운 생명으로 태어나는 이 길 위에서, 김무영 편집장님과 출판사 분들께 진심으로 감사의 인사를 전한다.

2026년 1월

오예슬

2016년 유럽여행중

기록을 건네는 또 하나의 방식

문득 이런 생각이 들었습니다. 이 책을 읽는 독자 여러분들도 혹시 나처럼 일기를 매일 쓰고 싶지만, 어려워하고 있진 않을까? 매번 노트를 펴고, 마음을 다잡고, '제대로 써야 한다'는 부담 앞에서 기록이 또 하나의 일이 되어버리지는 않을지.

그래서 이 책을 쓰는 지난 가을부터, 독자분들을 위한 작은 선물을 준비했습니다. 바로 '음성 일기장'입니다. 한번에 작성해야하는 부담이 없는 기록, 완성된 문장이 아니어도 되는 기록, 그저 생각이 스칠 때, 말로 남기는 일기장. 단어 하나여도 괜찮고, 끝맺지 못한 문장이어도 괜찮은 기록. 말로 남기면 텍스트 일기로 정리해주는 음성 일기장, <헤이다이어리>를요.

매일의 기록들이 삶을 받치는 근육이 되기를 바랍니다. 이 책의 초판 1쇄 독자분들께 한해 한 달 동안 자유롭게 일기를 써볼 수 있는 이용권 코드를 선물로 드립니다.

사용 방법

1.위 QR코드로 접속해 앱을 설치한 뒤 로그인합니다.

2.구독 화면 하단에 이 코드를 입력해 주세요. < SPEAKYOURDAY >

오늘도, 그리고 앞으로도 여러분의 꾸준한 기록을 응원합니다.

hello@heydiary.ai

고마운 분들

이 책을 쓰는 동안, 감사의 말을 어디에 어떻게 두어야 할지 여러 번 망설였다. 이 책이 홀로 만들어진 것이 아니었기 때문이다. 이 책이 여기까지 올 수 있도록 함께해 준 사람들에게, 짧게나마 이 마음을 남긴다.

가장 먼저 떠오르는 사람은 나의 남편이다. 이 책은 불안과 외로움이 일상이던 시간 속에서 쓰여졌다. 주말이면 노트북 하나 들고 뉴욕과 시애틀의 조용한 카페로 향했고, 하루 종일 같은 자리에 앉아 문장을 고치고 또 고쳤다. 또 잠이 쉽게 오지 않는 밤에는 남편을 재우고, 작업 공간으로 나와 새벽을 넘긴 날도 적지 않았다. 그럼에도 남편은 말없이 내 일상을 함께해 주었고, 먼저 챙겨주었으며 기다려주었다. 그 지지와 인내가 없었다면, 나는 이 책의 끝까지 도달하지 못했을 지도 모른다. 이 글을 빌려, 언제나 나의 편으로 남아주었던 남편에게 깊은 감사를 전한다.

출판사에 대한 고마움도 이 자리에 꼭 남기고 싶다. 씽크스마트 출판사와의 첫 만남 이후 나의 2025년은 전혀 다른 방향으로 흘러가기 시작했다. 가장 불확실하고 또 불안한 순간들 속에서, 무엇이든 해볼 수 있다는 믿음을 얻었고,

그 믿음은 편집장님과 출판사 팀의 꾸준한 응원과 기다림이 있었기에 가능했다. 나라는 사람의 고유함을 있는 그대로 믿어주고, 그것이 세상에 나아갈 수 있도록 손을 내밀어준 모든 관계자 분들께 진심으로 감사드린다.

원고를 다듬는 과정에서 도움을 준, 각기 다른 나라와 시간대에 머물던 나의 지인들에게도 고마운 마음이 크다. 더 나은 책을 만들고 싶다는 욕심으로, 쉽지 않은 부탁을 여러 번 건넸다. 때로는 제목에 대해, 또 때로는 프롤로그에 대해, 혹은 이야기 전체의 방향에 대해 의견을 구하기도 했다. 시간과 에너지가 필요한 일이었음에도, 모두 흔쾌히 원고를 읽고 피드백과 마음을 보내주었다. 그 문장 하나하나가 다시 이 책을 붙들어, 이야기의 결까지도 더 단단하게 다듬어 주었다. 혼자였다면 끝내 보지 못했을 장면들을, 그들의 시선 덕분에 발견할 수 있었다.

책을 낸다는 소식이 전해진 이후, 한동안 연락하지 못했던 지인들부터도 감사한 마음을 받기도 했다. 책이 완성되기 전부터 소중한 이들과 닿았던 경험은, 내가 '작가'라는 이름을 조금 더 믿어보게 만든 계기이기도 했다.

마지막으로, 이 책을 읽고 있는 당신에게도 감사의 말을 전하고 싶다. 읽는 사람의 시간과 경험 속에서 비로소 완성된다고 믿는다. 이 책을 선택해 시간을 내어 읽어준 당신덕분에, 이 글들이 의미를 얻었다. 그 사실 하나만으로도, 이 책은 충분히 제 몫을 다했다고 생각한다.

이 모든 마음을 담아, 다시 한 번 고맙다는 말을 남긴다.

좋아서 헤매는 지도

세계여행자의 내면여행 에세이

초판 1쇄 발행
2026년 2월 15일

지은이
오예슬

펴낸이
김태영

펴낸곳
씽크스마트

주소
경기도 고양시 덕양구
청초로 66
덕은리버워크 B-1403

전화
02-323-5609

출판사 등록번호
제 395-313000025
1002001000106호

ISBN
978-89-6529-492-4

정가
19,000원

ⓒ 오예슬

이 책을 만든 사람들

책임편집
김무영

편집
신재혁

북디자인
우다설

홈페이지
www.tsbook.co.kr
인스타그램
@thinksmart.official
이메일
thinksmart@kakao.com

* **씽크스마트** 더 큰 생각으로 통하는 길

'더 큰 생각으로 통하는 길' 위에서 삶의 지혜를 모아 '인문교양, 자기계발, 자녀교육, 어린이 교양·학습, 정치사회, 취미생활' 등 다양한 분야의 도서를 출간합니다. 바람직한 교육관을 세우고 나다움의 힘을 기르며, 세상에서 소외된 부분을 바라봅니다. 첫 원고부터 책의 완성까지 늘 시대를 읽는 기획으로 책을 만들어, 넓고 깊은 생각으로 세상을 살아갈 수 있는 힘을 드리고자 합니다.

자신만의 생각이나 이야기를 펼치고 싶은 당신. 책으로 사람들에게 전하고 싶은 아이디어나 원고를 메일(thinksmart@kakao.com)로 보내주세요. 씽크스마트는 당신의 소중한 원고를 기다리고 있습니다.